KB026316

아득한 기억의 저편

아득한 기억의 저편

지은이 • 파트릭 모디아노
옮긴이 • 연미선
초판 인쇄일 • 1999년 7월 5일
재판발행일 • 2014년 10월 9일
펴낸곳 • 도서출판 자작나무
펴낸이 • 신영임
주소 • 서울시 성북구 보문로 76 평화빌딩 201호
전화 • 02-923-5160
팩스 • 02-953-5198
등록 • 제10-713호(1992.7.7)
ISBN • 89-7676-629-6

값 9,500원

* 잘못된 책은 바꿔 드립니다.

아득한
기억의 저편

파트릭 모디아노 지음 / 연미선 옮김

자작나무

피터 한드케를 위하여….

Pour Peter Handke

망각의 가장 깊은 곳으로부터…

Du plus loin de l'oubli… —스테판 게오르게 *Stefan George*

_1_

    그녀의 키는 보통이었고, 제라르 반 베버르는 그녀보다 약간
더 작았다.

    30년 전 그 겨울 우리가 처음 만났던 저녁 무렵에 나는 이
커플과 센 강의 투르넬 강변로에 위치한 호텔까지 동행했고, 그
들과 함께 그곳에 머물렀다. 그곳에는 침대 두 개가 있었는데,
하나는 방문 근처에, 다른 하나는 창가에 놓여 있었다. 센 강변
의 반대편으로 나 있는 그 창문은 마치 지붕 밑의 다락방에 달
린 아주 작은 들창처럼 보였다.

    방은 조금도 흐트러져 있지 않았다. 침대 위의 시트는 가지
런히 정돈되어 있었고 여행가방과 옷가지 같은 것들도 찾아볼
수가 없었다. 단지 침대 머리맡의 작은 테이블 위에 묵직한 알
람시계 하나가 놓여 있을 뿐이었다. 이 알람시계가 있음에도 불

구하고, 별다른 생활의 자취를 남기지 않았으므로 그들은 이곳에 은밀히 피신하고 있는 것처럼 보였다. 우리가 처음 만났던 그날 저녁, 나는 생미셸 광장에 있는 헌책방에 팔려고 들고 나갔던 중고 예술서적들을 결국은 팔지 못했다.

그들을 만난 것은 그날 늦은 오후, 바로 생미셸 광장에서였다. 그들은 지하철 입구에서 쏟아져 나오는 수많은 사람들 중 유일하게 생미셸 대로를 반대 방향으로 거슬러 올라오고 있었다. 그들은 내게 이 근처에서 가장 가까운 우체국이 어디에 있는지 물었다. 그들의 물음에 대답을 하긴 했지만 설명만으로는 부족한 것 같아 나는 오데옹 광장에 있는 우체국까지 그들을 직접 안내했다. 우체국으로 가던 중 그녀는 담배를 파는 카페에서 우표 세 장을 샀고, 그녀가 편지봉투에 우표를 붙일 때 나는 봉투 위에 쓰인 '마요르카 섬(역주:지중해 서부에 있는 스페인령 발레아레스 제도의 주요 섬)'이라는 수신지를 읽을 수 있었다.

그녀는 지역 구분을 위해 우체통에 붙여놓은 '국제 항공우편'이라는 글씨를 확인도 하지 않은 채 편지를 우체통에 밀어넣었다. 우리들은 생미셸 광장과 센 강변을 향해 되돌아갔다. 그녀는 내가 무거운 책을 손에 들고 다니는 것이 측은해 보였는지 제라르 반 베버르에게 퉁명스럽게 얘기했다.

"좀 들어주지 그래."

그는 빙긋 미소를 짓고는 내가 들고 있던 책 중 가장 무거워 보이는 책을 겨드랑이에 끼고 갔다. 그 책들은 들고 다니기에 너무 무거웠으므로 그들의 호텔방에 잠시 맡겨두기로 했다.

　투르넬 강변로에 자리잡은 호텔방에서 나는 알람시계가 놓여
있는 침대 머리맡의 작은 테이블 밑에다 책을 놓았다. 나는 시
계의 똑딱 소리를 듣지 못하고 있었다. 시계 바늘은 세 시를 가
리키고 있었다. 베개 위에는 얼룩진 자국이 남아 있었다. 나는
책을 놓으려고 몸을 숙이다가 침대와 베개 주변에서 은은하게
풍겨 나오는 에테르 향기를 맡았다. 그녀의 팔이 내 몸을 가볍
게 스쳤고, 그녀는 테이블 스탠드를 켰다.

　우리는 호텔 옆의 센 강변에 있는 카페에서 저녁 식사를 했
다. 디저트를 빼고 메인 디쉬만 주문했는데, 계산은 반 베버르
가 했다. 그날 저녁 나는 돈이 한푼도 없었다. 반 베버르는 5프
랑이 부족하다고 생각하고 있었다. 그는 외투와 양복 상의 주머
니를 이리저리 뒤져 동전을 모은 후 계산을 했다. 하지만 그녀

는 그가 혼자 계산을 하도록 내버려둔 채 담배를 피우며 태연하게 그를 쳐다보고만 있었다. 쟈클린은 함께 나누어 먹으려고 그녀가 주문했던 1인분의 음식이 담긴 접시를 우리에게 건네주고는 반 베버르가 먹고 있던 개인 접시에서 몇 숟갈 떠먹는 것으로 그쳤다.

그녀는 내 쪽으로 몸을 돌렸고 약간 허스키한 목소리로 내게 말했다.

"다음에는 정식으로 식사를 할 만한 레스토랑을 찾아보도록 해요."

카페를 나온 후 반 베버르가 호텔방에 있는 내 책을 가지러 간 동안, 그녀와 나는 호텔 정문 앞에 서 있었다. 그녀와 반 베버르가 오래 전부터 이 호텔에 머물고 있었는지, 또 그들이 지방이나 외국에서 왔는지 물어보면서 나는 침묵을 깼다. 두 사람 모두 지방이 아니라 파리 근교 태생이었다. 그들은 이미 2개월 전부터 이 호텔에서 살고 있다고 했다. 이것이 그날 저녁 그녀가 내게 했던 말의 전부였으며, 그녀의 이름은 쟈클린이라고 했다.

반 베버르는 우리가 있는 곳으로 다시 왔고, 내 책을 돌려주었다. 그는 내가 내일 다시 그 책을 팔 것인지 알고 싶어했으며, 이렇게 책을 파는 것이 나에게 이득이 되는지도 궁금해했다. 그는 우리가 다시 만날 수 있기를 바라고 있었다. 정확한 시간에 나와 약속을 정한다는 것은 어려운 일이었다. 하지만 그들은 단테 거리의 길모퉁이에 위치한 한 카페에서 자주 시간을 보내곤 하였다.

아직도 나는 이따금씩 꿈속에서 그곳을 배회하곤 한다. 2월의 어느 날 저녁 무렵의 석양은 바로 그 단테 거리를 따라 걷고 있는 나를 황홀하게 했다. 단테 거리의 풍경은 변함없이 그대로였다.

나는 판유리로 덮인 노천 카페의 테라스 앞에 멈춰 서서 카운터와 전자식 당구대 그리고 무도회장의 가장자리처럼 배치된 몇몇 테이블을 바라보았다.

단테 거리의 중간쯤에 왔을 때, 맞은편 생제르맹 대로에 우뚝 솟은 웅장한 저택의 그림자가 단테 거리의 한가운데에 그려졌다. 그러나 내가 서 있던 자리 뒤로 향한 길 위엔 아직도 햇볕이 아른거리고 있었다.

잠에서 깨어났을 때, 내가 쟈클린과 함께 지냈던 젊은날이 어둠과 빛의 조화로운 대조 속에 보이는 것 같았다. 겨울날의 음산한 거리들과 블라인드 사이로 새어나오는 햇빛이 생생하게 떠오른다.

2

제라르 반 베버르는 V자를 거꾸로 한 무늬가 새겨진 외투를 입고 있었는데, 그 외투는 그에게 너무 컸다. 나는 단테 거리의 바로 그 카페에 설치된 전자식 당구대 앞에서 그를 다시 발견한다. 그러나 당구를 치고 있는 사람은 바로 쟈클린이다. 따닥 소리와 함께 당구대에서 반짝이는 신호가 번갈아 가며 끊임없이 지속되는 동안, 쟈클린은 팔과 상체를 약간씩 움직이고 있다. 반 베버르가 입고 있던 헐렁한 외투는 무릎보다 더 아래로 내려와 있었다. 그는 외투깃을 접고 손을 주머니에 넣은 채, 아주 곧은 자세로 서 있었다. 쟈클린은 꽈배기 무늬의 스웨터와 밤색이 나는 부드러운 가죽으로 된 재킷을 입고 있었다.

단테 거리에서 그들을 만났을 때, 쟈클린은 내 쪽으로 몸을 돌려 미소를 짓고는 당구 게임을 계속하였다. 나는 테이블에 앉아 있었다. 육중한 당구대 앞에 서 있는 그녀의 팔과 상체는 아주 가냘프게 느껴졌다. 그 당구대가 한 번 진동할 때마다 그녀는 한 발짝씩 뒤로 물러섰다. 마치 벼랑 끝에서 균형을 잃고 위험에 처한 사람처럼 그녀는 서 있기 위해 안간힘을 쓰고 있는 것 같았다.

그녀는 내가 있던 테이블로 다가왔고, 반 베버르는 당구대 앞에 자리를 잡았다. 처음에 나는 그들이 그렇게 오랫동안 당구 게임을 하는 것에 놀랐다. 그나마 내가 그들의 당구 게임을 자주 중단시켰기에 망정이지 그렇지 않았으면 그녀는 아마 쉬지 않고 계속해서 당구를 쳤을 것이다.

오후에는 카페에 사람이 거의 없었지만 저녁 여섯 시부터는 손님들이 카운터 테이블 주변에 몰리기 시작했다. 사람들의 웅성대는 소리와 당구대의 따닥거리는 소리, 그리고 떼지어 몰려 있는 사람들 속에서 반 베버르와 쟈클린은 내 눈에 쉽게 띄지는 않았다. 우선 나는 반 베버르의 외투를 알아보았고, 그리고 나서 쟈클린을 발견하였다. 나는 그들을 만나기 위해 몇 차례나 그곳을 찾았지만 쉽게 만나지 못했으며, 매번 오랫동안 테이블에 앉아서 기다리곤 했다. 나는 더이상 그들을 만날 기회가 없을 거라는 생각을 했지만, 그들이 분명 웅성대는 사람들의 무리 속에 섞여 있으리라고 짐작했다. 그리고 내 짐작대로 어느 날 이른 오후 한적한 카페 구석의 당구대 앞에서 그들을 볼 수 있었다.

나는 내 인생에 있어서 그 시절에 느꼈던 사소한 일들을 회미하게나마 기억하고 있다. 그 당시 나는 부모님의 모습마저 잊고 있었다. 나는 부모님과 잠시 동안 함께 생활하고 난 뒤, 대학 공부를 포기했고 헌 책들을 팔면서 생계를 유지했다.

내가 쟈클린과 반 베버르가 머물던 호텔의 옆에 있는 리마 호텔에 살게 된 것은 그들을 만난 지 얼마 안 되어서였다. 나는 여권에 기입된 생년월일을 수정하고 한 살을 더 먹으면서 성년의 나이가 되었다.

리마 호텔에 도착하기 1주일 전 내가 마땅히 잠을 잘 만한 곳이 없었기 때문에 그들은 내게 방 열쇠를 건네주고는, 그들이 항상 드나들던 지방에 있는 카지노 중 한 곳으로 떠났다.

나와 만나기 전에 그들은 앙기엥(역주 : 벨기에의 수도 브뤼셀의 남서쪽에 위치한 도시)에서 열린 카지노와 노르망디 지방의 작은 해수욕장에 있는 다른 두서너 군데 카지노에서 도박을 시작했다. 그리고 나서 그들은 디에프, 포르즈 레조와 바뇰 드 로른느를 옮겨다니며 도박을 했다.

그들은 토요일에 떠나서 주말에 번 돈을 가지고 월요일이면 돌아오곤 했는데 그 돈은 다 합쳐도 결코 3천 프랑을 넘지 못했다. 반 베버르는 그가 말했던 것처럼 '게임판 가운데의 숫자 5번 주변에 걸기(역주 : 룰렛 게임의 1부터 36까지의 숫자 중에 5를 중심으로 주변의 숫자 몇 개에 돈을 거는 방법)'를 하며 질 때마다 돈을 갑절로 거는 방법을 생각했다. 그렇지만, 이 방법은 단지 적은 밑천을 가지고 룰렛 게임을 할 경우에만 유용할 뿐이었다.

나는 한 번도 그들이 다니는 도박장에 함께 가보지 않았다. 그저 그 동네에 남아 월요일까지 그들이 돌아오기를 기다리곤 했다.

바뇰 드 로른느보다 가까운 포르즈 레조에 반 베버르가 도박을 하러 가고 나면 쟈클린은 혼자서 파리에 남아 있었다.

내가 그들의 호텔방에서 지냈던 며칠 동안 그 방 안에는 내내 에테르 향기가 감돌고 있었다. 세면대 선반 위에는 파란 향수병이 가지런히 놓여 있었다. 붙박이장 안에는 옷가지들이 들어 있었는데 남자 재킷, 바지 그리고 쟈클린이 입고 다니던 꽈배기 무늬의 스웨터들 중의 하나와 브래지어가 있었다.

그 방에서 지낸 며칠 동안 나는 거의 잠을 이루지 못했다. 얼핏 잠이 들었다가 깨어났을 때는 그곳이 어디인지 분간할 수가 없었다. 그곳이 그들의 호텔방이라는 것을 알아보기까지는 시간이 한참 걸렸다. 만약 사람들이 반 베버르와 쟈클린은 보이지 않고 대신 내가 그들의 방에 머물고 있는 이유를 물어온다면 나는 매우 당황했을 것이었다.

그들은 과연 돌아올까? 나는 어쩌면 그들이 돌아오지 않을지도 모른다는 생각을 하게 되었다. 호텔 입구에서 짙은 갈색의 카운터를 지키고 있던 사람은 내가 그들의 호텔방에 올라가는 것에 신경 쓰지 않았으며, 외출할 때 열쇠를 가지고 다니는 것 또한 염려하지 않았다. 그는 나에게 고개를 살짝 끄덕이며 인사를 했다.

마지막날 밤 나는 새벽 다섯 시에 잠에서 깨어났고 더이상 다시 잠을 이룰 수가 없었다. 나는 쟈클린이 자던 침대에서 잤는데 알람시계의 똑딱 소리가 너무 커서 붙박이장 속에 그것을 넣어두거나 베개 밑에 감추고 싶을 정도였다. 그러나 나는 그 다음에 생겨날 고요한 정적이 두려웠다. 나는 침대에서 일어나 호텔 밖으로 나와버렸다. 그리고 식물원을 둘러싼 철책 울타리를 따라 센 강변을 거닐다가 아우츠테를리치 역 맞은편의 아침 일찍부터 문을 연 한 카페로 들어갔다.

지난주에 그들은 디에프의 카지노로 도박을 하러 떠났다가 월요일 아침 일찍 돌아왔다. 오늘도 아마 비슷한 시간에 돌아오겠지. 아직도 한두 시간은 더 기다려야 할 텐데…. 파리 근교에서 온 사람들은 점점 더 많은 숫자로 아우츠테를리치 역에서 쏟아져 나와 카페 카운터 주변에 서서 커피를 마시고 있었으며 지하철 입구로 몰려들어가고 있었다. 아직도 새벽이었다. 나는 파리의 옛 주류 도매시장을 둘러싸고 있는 철책 울타리를 따라서 걸었다. 쟈클린과 반 베버르의 모습이 멀리서 보였을 때 나는 그들을 금방 알아보았다. 반 베버르의 외투가 어스름한 새벽에 하얀 흔적을 남겼기 때문이었다.

그들은 센 강변의 저편에서 자물쇠가 채워져 있는 헌책방 앞의 벤치에 나란히 앉아 있었다. 조금 전에 내가 주머니에 열쇠를 넣은 채 외출했기 때문에 디에프에서 방금 돌아온 그들은 호텔의 방문을 두드렸지만 안으로 들어갈 수 없었던 것이다.

리마 호텔에 있는 내 방의 창문은 생제르맹 대로로 향해 있었고, 베르나르댕 거리의 위쪽 끝까지 볼 수 있었다. 침대에 누웠을 때 창틀 안에 담긴 교회 종탑의 윤곽이 뚜렷해지는 것을 보았지만 그 교회의 이름이 머릿속에 떠오르지는 않았다. 자동차 소리가 더이상 들리지 않는 고요한 새벽이면 나는 교회 종소리로 시간을 알 수 있었다.

쟈클린과 반 베버르는 중국 식당에 저녁을 먹으러 가거나 영화를 보러 갈 때 자주 나와 동행하곤 했다.

함께 이런 저녁 시간을 보낼 때 우리는 겉모습만으로 보면 생미셸 대로를 지나며 마주치는 대학생들과 다를 것이 없었다. 반 베버르가 입고 있던 약간 낡은 외투와 쟈클린의 가죽재킷은 라틴 대학가에서 볼 수 있는 우중충한 분위기와 잘 어울렸다. 나는 때가 조금 탄, 오래 된 베이지빛 레인코트를 입고 있었고, 손에는 책을 들고 있었다. 그런데도 우리가 사람들의 호기심 어린 눈길을 끈 이유가 무엇이었는지 나는 아직도 정말 모르겠다.

리마 호텔 숙박부에 나는 문예학부 전공 학생이라고 기입했지만 그것은 단순한 형식에 지나지 않았다. 호텔 직원은 나의 신원에 관련된 최소한의 질문도 하지 않았다. 그는 내가 1주일마다 방값을 지불하는 것으로 만족했다. 아는 서점에 책을 팔기 위해 책이 들어 있는 가방을 들고 외출하던 어느 날, 그는 내게 물었다.

"요즘 공부는 잘 되나요?"

나는 그의 목소리를 들으며 그가 나를 빈정거리는 것 같은 느낌을 받았다. 그러나 그는 아주 진지했다.

리마 호텔과 마찬가지로 투르넬 강변로에 위치한 그 호텔에서 나는 평온한 생활을 할 수 있었다. 반 베버르와 쟈클린은 그 호텔의 유일한 투숙객이었다. 그들은 내게 호텔이 곧 문을 닫고, 다세대 주택으로 바뀔 것이라고 얘기했다. 하루 종일 들려오는 망치 소리가 그들의 말이 사실임을 입증해 주었다.

반 베버르와 쟈클린은 호텔 숙박부를 제대로 적었을까? 직업을 뭐라고 적었을까? 반 베버르는 서류에 '행상인'이라고 기입했다고 내게 말했다. 나는 그가 한 말이 농담이라는 것을 그때는 잘 알지 못했다. 쟈클린은 어깨를 으쓱했다. 그녀는 무직(無職)이었다. 사실 행상인이라는 직업은 나에게도 해당되는 것이었다. 왜냐하면 나는 이 서점에서 저 서점으로 책을 들고 다니며 시간을 보냈기 때문이다.

그 당시 날씨는 아주 추웠다. 센 강변 주위와 인도에 녹아내린 눈, 거무스름하고 칙칙한 회색빛이 감도는 겨울 풍경이 아직도 내 기억 속에 살아 있다. 그리고 쟈클린은 언제나 겨울에 입기엔 너무 얇은 가죽재킷을 입고 외출하곤 했다.

3

　처음으로 반 베버르가 혼자서 포르즈 레조로 떠나고, 쟈클린만 파리에 남게 된 날은, 바로 우리가 보낸 겨울의 어느 날이었다. 우리는 퐁 마리 지하철역까지 반 베버르를 배웅하기 위해 센 강을 건너갔다. 왜냐하면 그는 생라자르 역에서 기차를 타야 했기 때문이다. 그는 아마도 디에프에서 열리는 카지노에도 가게 될 것이며, 이번에는 다른 때보다 더 많은 돈을 벌고 싶다고 우리에게 말했다. 이윽고 그의 외투가 지하철역 입구에서 멀어져 갔으며 쟈클린과 나는 단둘이 남게 되었다.

　나는 그녀에게 나의 진심을 보여줄 기회를 갖지 못하고, 항상 반 베버르와 함께 있는 그녀를 지켜봐야만 했다. 게다가 그녀는 저녁 내내 한마디도 하지 않은 때도 있었다. 가끔씩은 반 베버르가 자리를 비우기를 원하는 것처럼 그에게 담배를 사오라고 퉁명스러운 어조로 부탁하기도 했고, 내게도 자리를 비켜주기를 원하는 것처럼 말하기도 했다. 그러나 점차 나는 그녀의 침묵과 퉁명스러운 언행에 익숙해져 갔다.

바로 그날 반 베버르가 지하철 계단을 내려가고 있을 무렵, 나는 그녀가 다른 때처럼 그와 함께 떠나지 못하는 걸 아쉬워하고 있다고 생각했다. 우리는 센 강의 좌안(左岸)지구(역주: 센 강은 좌안지구와 우안지구로 나뉘는데, 좌안지구에는 문화 공간인 루브르 박물관, 샹젤리제 거리 등이 있고, 우안지구에는 소르본 대학을 비롯한 여러 학교들이 있다.)로 다시 돌아가는 대신에 시청 옆의 강변을 따라서 걸었다. 그녀는 말을 하지 않았고, 나는 그녀가 곧 내게 작별 인사를 할 거라고 생각하고 있었다. 그러나 그녀는 작별 인사를 하지 않았고 내 옆에 나란히 서서 계속 걸었다.

센 강변과 그 기슭에 안개가 자욱했다. 쟈클린은 너무 얇은 가죽재킷을 입고 있었기 때문에 몹시 추워했다. 우리가 시테 섬(역주: 센 강 한복판에 있는 섬으로 파리의 발상지이다)에 자리잡은 대주교의 교구에 소속된 광장을 따라 걷고 있었을 때, 그녀는 갑자기 심한 기침을 하기 시작했다. 얼마 후 그녀가 호흡을 가다듬게 되자 그녀에게 나는 따뜻한 것을 마셔야 한다고 말했고, 우리는 단테 거리의 그 카페에 들어갔다.

늦은 오후, 단테 거리의 카페에는 다른 때처럼 사람들이 웅성거리고 있었다. 전자 당구대 앞에 두 사람이 서 있었지만 쟈클린은 당구를 치고 싶어하지 않았다. 나는 그녀를 위해서 그녀가 마치 독약을 삼키는 것처럼 인상을 찌푸리며 마시곤 하던 럼을 주문했다. 나는 그녀에게 말했다.

"당신은 그렇게 얇은 재킷을 입고 외출하지 말아야 했어요."

우리가 서로를 알게 된 이후, 나는 그녀에게 반말을 할 수 없었다. 왜냐하면 그녀는 늘 어느 정도의 거리감을 두고 나를 대해 왔기 때문이다.

우리는 당구대에서 아주 가까이 있는 구석의 테이블에 앉아 있었다. 그녀는 내게로 몸을 숙이며 자신이 반 베버르를 따라가지 않은 것은 몸상태가 좋지 않기 때문이라고 말했다. 그녀가 아주 작은 목소리로 말했기 때문에 나는 어쩔 수 없이 그녀의 얼굴에 내 얼굴을 가까이 댔고 우리의 이마는 서로 마주 닿게 되었다. 그때 그녀는 내게 비밀스러운 계획을 말해 주었다.

"겨울이 지나면, 나는 파리를 떠나서 마요르카 섬으로 갈 거예요."

나는 우리가 처음 만난 날 그녀가 우체국에서 보낸 편지의 봉투에 '마요르카 섬'이라고 적혀 있던 것을 기억했다.

"그러나 우리가 내일 당장 떠날 수만 있다면 더이상 바랄 게 없을 거예요."

갑자기 그녀의 안색이 창백해졌다. 우리 옆에 앉아 있던 사람들 중 한 사람이 우리 테이블 가장자리에 팔꿈치를 기댄 채 마치 우리가 그 자리에 있는 것을 못 본 듯 자기 앞 사람과 계속 대화를 하고 있었다. 쟈클린은 그를 피해 쿠션이 있는 긴 의자 끝으로 갔고, 당구대의 따닥 소리가 나의 가슴을 답답하게 했다. 나 역시 쌓여 있던 눈이 길 위에서 녹아 내릴 때, 그래서 단화를 신을 수 있을 때 떠나기를 무척 갈망하고 있었다.

"왜 겨울이 다 가기를 기다려야 하나요?"

그녀는 내게 미소를 지으며 대답했다.

"우리는 우선 저축을 해야 해요."

그녀는 담배 한 개비에 불을 붙였다. 그러나 곧 그녀는 기침을 했다. 담배를 지나치게 많이 피워댔기 때문이었다. 그녀는 언제나 똑같은 담배를 피웠는데 그것은 약간 싱거운 맛을 내는 연한 빛깔의 프랑스 담배였다.

"우리가 저축을 하려면 당신 책들을 파는 것만으론 힘들죠."

그녀가 마치 그녀와 내가 미래를 약속한 것처럼 '우리'라고 말했기 때문에 나는 행복했다.

"벌써 6개월 전부터 제라르와 나는 질 때마다 돈을 갑절로 걸며 도박을 해왔지만 큰돈은 벌지 못했어요."

쟈클린은 게임판 가운데의 숫자 5번 주변에 돈을 거는 도박 방식을 납득하지 못하는 것 같았다.

"당신은 제라르와 사귄 지 오래 됐나요?"

"네. 우리는 아티몽에서 처음 만났어요."

그녀는 말없이 내 눈을 정면으로 바라보고 있었다. 그녀의 그런 모습은 나에게 더이상 이런 이야기를 하고 싶지 않다는 의사를 분명히 밝히는 듯 보였다.

"그럼 당신은 아티몽에서 오셨나요?"

"네."

내 친구 하나가 아티몽 근처에 있는 아블롱이라는 도시에 살았으므로 나는 그 도시의 이름을 아직도 잘 기억하고 있다. 친구는 자기 부모의 자동차를 빌려 타고 나를 오를리 공항까지 데려가곤 했다. 그리고 자주 영화관에도 갔고, 공항의 칵테일 바에 들르기도 했다. 우리는 먼 곳으로 떠나는 비행기의 출발과 도착 시간을 알리는 방송을 들으면서 넓은 공항 로비를 거닐곤 했고 늦게까지 그곳에 머무를 때가 많았다. 친구가 다시 파리까지 나를 데려다 줄 때는 고속도로를 통해서 오지 않고, 빌르 뇌브르루아, 아티몽 같은 파리 남쪽에 있는 소도시들을 통해서 돌아오곤 했다. 그때 쟈클린과 마주칠 수도 있었을 텐데….

"당신은 여행을 많이 했나요?"

이 질문은 내가 평범한 대화를 자극하기 위해 자주 사용하는 질문들 중 하나였는데, 일부러 그녀에게 무관심한 듯한 말투로 물었다.

"사실 그렇게 여행을 많이 하지는 않았어요. 하지만 지금이라도 약간의 여비를 마련하게 된다면…."

그녀는 마치 나에게 비밀을 고백하는 것처럼 여전히 작은 목소리로 말하고 있었다. 게다가 우리 주변이 좀 시끄러웠기 때문에 나는 그녀가 하는 말을 겨우 알아들을 수 있었다. 그녀의 말을 듣기 위해 나는 그녀에게로 몸을 기울이고 있었고 또 다시 우리의 이마는 가까이 닿게 되었다.

"제라르와 나는 소설을 쓰는 미국인을 만났는데, 그가 마요르카 섬에 살고 있죠. 그는 우리가 마요르카 섬에서 살 수 있도록 집을 마련해 줄 거예요. 센 강변에 있는 영국 서적 전문 서점에서 우리는 그를 만났어요."

나 역시 그 서점에 자주 가곤 했었다. 그곳은 많은 책으로 가득차 있었는데 각각의 작은 코너들로 이루어져 있었다. 그곳을 찾는 손님들 중에는 먼 외국에서 오는 사람들도 있었다. 서점은 늦은 시간까지 열려 있었다. 나는 그 서점에서 구입했던 타우흐니쯔(역주: 독일 출판업자로서 라틴 문화와 그리스 문화의 홀륭한 작가들의 작품을 출판했다.) 시리즈에서 출간된 소설책 몇 권을 다시 팔려고 했다.

그 서점 한가운데에는 의자와 긴 소파까지 갖춰진 진열장들이 있었다. 이런 분위기는 마치 그곳을 카페의 테라스처럼 보이게 했다. 그곳에서는 노트르담 성당이 보였다. 그리고 그 서점 입구에 들어서면, 마치 나 자신이 암스테르담이나 샌프란시스코에 살고 있는 듯한 느낌이 들었다.

그녀가 오데옹 우체국에서 부친 편지는 그 미국인 소설가에게 보내는 것이었다. 그 소설가의 이름이 무엇이었을까? 아마나는 그 작가의 소설을 한번쯤은 읽어보았을지도 모른다.

"윌리암 맥 지번."

아니, 나는 이 맥 지번이란 작가를 모른다. 그녀는 두 번째 담배에 불을 붙였다. 그리고 또 기침을 했다. 그녀의 얼굴은 언제나 창백했다.

"유행성 감기에 걸린 게 틀림없어요."

"럼을 한 잔 더 마셔야 할 것 같군요."

"아뇨, 이제 괜찮아요."

그녀는 그렇게 말하고는 갑자기 근심스러운 표정을 지었다.

"나는 제라르의 계획이 순조롭게 되기를 바래요."

"나도 마찬가지예요."

"제라르가 이곳에 없을 때면 나는 무척 불안해져요."

그녀는 '제라르'라는 이름을 애정 어린 말투로 한 음절 음절마다 길게 발음하였다. 물론 그녀는 가끔씩 그에게 퉁명스럽게 대했다. 그러나 그녀는 길을 걸을 때 그와 팔짱을 끼고 다녔고, 우리가 단테 카페의 테이블에 앉아 있을 때는 그의 어깨에 머리를 기대곤 했다. 내가 그들의 방문을 노크했던 어느 날 오후, 그녀는 내게 들어오라고 말하고는 여전히 그와 함께 창가에 놓여 있는 좁은 침대에 나란히 누워 있었다.

"난 제라르 없이는 지낼 수가 없어요."

마치 자기 자신에게 말하는 것처럼, 또는 내가 앞에 있다는 것조차 잊어버린 것처럼 그녀는 무심코 그렇게 내뱉었다. 순간 나는 그녀에게 불필요한 존재라는 생각이 들었다. 그녀를 혼자 있게 하는 것이 더 나을 것 같았다. 어떻게 작별 인사를 할까 하는 생각을 하고 있을 때 그녀가 공허한 시선으로 나를 바라보았다. 침묵을 깨뜨린 것은 바로 나였다.

"감기는 좀 괜찮아졌어요?"

"아스피린을 사야겠어요. 혹시 이 근처에 약국이 있는지 알고 있어요?"

결국 지금까지 내가 그녀에게 해준 일이라고는 제일 가까이 있는 우체국과 약국을 가르쳐준 것뿐이었다.

생제르맹 대로에 위치한 내가 머물렀던 호텔 가까이에, 약국이 하나 있었다. 그녀는 아스피린 외에 에테르 한 병도 샀다. 우리는 함께 베르나르댕 거리의 한 모퉁이까지 잠시 동안 걸었다. 그녀는 내가 머물던 호텔 정문에서 멈추었다.

"괜찮다면 저녁 시간에 다시 만나는 게 어때요?"

그녀는 나와 악수를 하고 미소를 지었다. 나는 그녀와 함께 있어도 되는지 묻고 싶은 것을 억지로 참아야만 했다.

"일곱 시쯤에 내가 있는 곳으로 올래요?"

그 말을 남기고 그녀는 길모퉁이를 돌아서 갔다. 나는 겨울에 입기에는 너무 얇은 가죽재킷을 입고 센 강변을 향해 멀어져 가는 그녀를 바라보지 않을 수가 없었다. 그녀는 재킷 주머니에 손을 넣고 걸었다.

나는 내 방에서 오후 내내 혼자 있었다. 난방이 되지 않아서 외투를 입은 채 침대 위에 누워 있었다. 이따금씩 선잠이 들기도 했고, 쟈클린과 제라르 반 베버르를 생각하면서 천장의 한 곳만을 응시하고 있었다.

그녀는 호텔로 돌아갔을까? 아니면 파리 어디에선가 누군가와 만나고 있을까? 그녀가 반 베버르와 나를 두고 떠났던 어느 날 저녁이 머리 속에 떠올랐다. 반 베버르와 나는 심야상영 영화를 둘이서 관람했는데 그는 약간 근심스러운 듯 보였다. 그가 나를 영화관에 데리고 간 이유는 순전히 시간을 빨리 보내기 위해서였다. 새벽 한 시쯤에 우리는 큐자 거리에 있는 카페에서 쟈클린을 다시 만났다. 그녀는 저녁 시간을 어떻게 보냈는지 우리에게 말하지 않았고, 게다가 반 베버르는 마치 내가 그들 사이의 비밀스런 이야기를 방해라도 하는 것처럼 그녀에게 아무런 질문도 하지 않았다. 그날 밤 나는 그들에게 불필요한 존재였다. 그들은 침묵을 지키며 리마 호텔까지 나를 데려다 주었다. 다른 때와 마찬가지로, 그들이 디에프 또는 포르즈 레조를 향해 떠나기 전날인 금요일이었다. 나는 그들이 몇 시에 기차를 타는지 물었다.

"내일 우리는 파리에 있을 거예요."

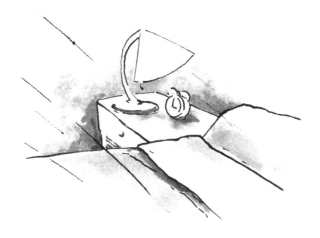

반 베버르는 퉁명스럽게 대답했다. 그들은 나를 호텔 앞에 남겨 두고 떠났다. 반 베버르는 나에게 악수를 청하지 않고 말했다.

"내일 봅시다."

쟈클린은 나에게 억지웃음을 지어 보였다. 그녀는 반 베버르와 단둘이 남게 되는 것을 불안해 하는 것 같았고, 제삼자가 함께 있기를 더 바라는 것처럼 보였다. 내가 그들이 멀어져 가는 것을 보고 있을 때 반 베버르는 쟈클린과 팔짱을 끼었다. 그들은 서로에게 무슨 말을 하고 있을까? 쟈클린은 자신의 외출에 대해 변명을 하고 있을까? 반 베버르가 그녀에게 듣기 싫은 소리를 하고 있을까? 아니면 내가 쓸데없는 생각을 하고 있는 것일까?

호텔을 나온 이후로 시간이 많이 지났고, 밤이 되었다. 베르나르댕 거리를 지나서 센 강변으로 다시 돌아갔다. 그녀의 호텔 방문을 노크하자 그녀는 곧 문을 열어주었다. 그녀는 꽈배기 무늬의 터틀넥 스웨터를 입고, 발목까지 꼭 끼는 바지를 입고 있었다. 창가에 놓인 침대의 시트는 들춰져 있었고, 커튼은 내려져 있었다. 침대 머리맡에 놓인 스탠드 갓이 벗겨져 있었기 때문에 아주 작은 전구가 방안 곳곳에 그림자를 만들었다. 그리고 언제나 풍기던 에테르 향기는 평상시보다 더 진하게 느껴졌다.

그녀는 침대 가장자리에 앉았고, 나는 세면대 옆의 벽 가까이 놓여 있는 의자에 앉았다. 나는 그녀에게 감기가 조금 나아졌는지 물어보았다.

"별로."

내가 침대 머리맡의 작은 테이블 한가운데 뚜껑이 열린 채 놓여 있는 에테르 병을 바라보고 있다는 것을 그녀는 알아차렸다. 틀림없이 내가 에테르 향을 맡고 있다고 생각했을 것이다.

"기침을 하지 않으려고 에테르 향기를 맡곤 해."

그리고 자신을 변명하려고 애쓰는 사람처럼 그녀는 되풀이해서 말했다.

"정말이야. 기침을 진정시키는 데에는 아주 효과가 있어."

그리고, 그녀는 내가 자신의 말에 동의한다는 듯 고개를 끄덕거리자 다시 말했다.

"에테르 향기를 한 번도 맡아본 적 없어?"

"전혀."

그녀는 내게 에테르를 적신 솜뭉치를 내밀었다. 나는 에테르 향기를 맡아보기 전에 조금 망설였지만 이것이 우리 사이에 인연을 맺는 계기가 될 수 있다면, 하는 마음으로 솜뭉치에 스며든 에테르 향기를 들이마셨고, 에테르 병에 코를 대기까지 했다. 그리고 그녀도 자기 차례가 되어 에테르 향기를 맡았다. 몽롱한 기운이 나의 가슴 속에 스며들었다. 나는 그녀 옆에 나란히 누웠다. 우리는 서로의 몸을 느낄 수 있었고, 곧 허공 속에 빠졌다. 몽롱한 느낌이 점점 더 짙어졌고 알람시계의 똑딱 소리만이 고요한 방안에 점점더 선명하게 울려퍼졌다.

우리는 새벽 여섯 시에 호텔을 나와서 그 시간까지 열려 있는 큐자 거리의 카페까지 걸어갔다. 지난주에 포르즈 레조에서 돌아오던 날 바로 그 카페에서 우리는 약속을 했다. 그들은 일곱 시쯤에 도착해서 아침 식사를 함께 했다. 그렇지만 그들은 밤을 지새고 지금 막 돌아온 사람들의 표정이 아니었으며, 평상시보다 더 흥분되어 있었다. 특히 쟈클린이 더욱 그랬다. 그들은 2천 프랑을 벌었다고 했다.

이번에 반 베버르는 포르즈 레조에서 기차로 돌아오지 않고, 랑그뢴느 카지노에서 사귄 어떤 사람의 자동차를 타고 돌아온다고 했다. 호텔을 나오면서 쟈클린은 내게 반 베버르가 벌써 큐자 거리에 도착했을 거라고 말했다.

나는 그녀에게 반 베버르를 만나러 그녀 혼자 가는 것이 더 좋지 않겠느냐고 물었다. 내가 반드시 그녀와 동행해야 하는지 알고 싶었기 때문이었다. 그러나 그녀는 어깨를 으쓱대며 내가 함께 가주기를 원한다고 말했다.

카페에는 우리 이외에 다른 사람은 없었다. 네온사인의 불빛이 나의 눈을 현란하게 했다. 밖은 아직도 캄캄했고, 나는 시간

관념을 잃었다. 우리는 나란히 창가에 놓인 긴 쿠션 의자에 앉아 있었다. 밤이 점점 깊어 가고 있는 듯한 느낌이 들었다.

나는 창밖으로 까만 자동차가 카페 앞에서 멈추는 것을 보았다. 반 베버르는 그 자동차에서 내렸고, 여전히 V자 무늬가 거꾸로 새겨진 외투를 입고 있었다. 그는 자동차 문을 닫기 전에 운전석에 앉은 사람에게 고개를 숙이며 뭐라고 말하는 것처럼 보였다. 그는 우리를 발견하지 못하고 두리번거렸다. 우리가 카페 한구석에 있으리라고 생각한 모양이었다. 그는 네온사인 불빛 때문에 눈을 깜빡이며 걸어와 우리 맞은편에 앉았다. 내가 있는 것을 알아차리지 못했던 것일까? 아니면 질문을 하기에는 너무 피곤했던 것일까? 그는 곧바로 커피 두 잔과 크로와상을 주문했다.

"결국 나는 디에프로 갔었지…."

그는 외투를 입은 채로 앉아 옷깃을 세우고 평소 습관대로 허리를 구부려, 어깨 사이에 얼굴을 파묻고 있었는데 나는 그의 그런 모습을 보면서 말 탄 기사의 포즈를 상상했다. 서 있을 때는 반대로, 그는 마치 키가 큰 사람처럼 보이고 싶어하는 듯이 몸을 아주 똑바로 세우고 있곤 했다.

"디에프에서 3천 프랑을 벌었어."

그는 아주 도전적인 말투로 내뱉었다. 아마도 내가 쟈클린과 함께 있었던 것이 불만스러워서 이렇게 자기의 기분을 표현했을 것이다. 그는 쟈클린의 손을 잡았다. 그 행동은 나로 하여금 소외감을 느끼게 했다.

"잘됐군."

쟈클린이 말했다. 그녀는 그의 손을 쓰다듬고 있었다.

"당신들은 마요르카 섬으로 가는 비행기 티켓을 살 수 있겠군요."

내가 이렇게 말하자 반 베버르는 몹시 놀란 눈으로 나를 쳐다보았다.

"내가 그에게 우리의 계획을 얘기했어."

쟈클린이 말했다.

"그래요? 그럼 당신은 우리 계획을 잘 알고 있겠군요. 당신도 우리와 함께 가는 게 어때요?"

그는 내가 그 자리에 함께 있어서 화가 난 것 같지는 않았다. 그러나 내게 계속 존대말을 사용했다. 나는 여러 번 그가 반말을 하게 하려고 애를 썼지만 헛일이었다. 그는 언제나 내게 말을 높이곤 했다.

"당신들이 그걸 원한다면 나도 함께 가겠어요."

"우리는 당연히 당신이 같이 가길 원하지요."

쟈클린이 나에게 미소를 지어 보이며 말했다. 그녀는 자기 손을 반 베버르의 손 위에 포개어 놓았다. 웨이터가 커피와 크로와상을 가져왔다.

"꼬박 하루 동안 나는 아무것도 먹지 못했어."

반 베버르가 말했다.

그의 안색은 창백했고, 네온사인 불빛 아래 그의 눈 둘레에 검은 그림자가 어려 있는 것이 보였다. 그는 쉬지 않고 몇 개의 크로와상을 재빨리 먹어 치웠다.

"이제 좀 기분이 나아지는군. 조금 전 차를 타고 오면서 잠깐 눈을 붙였어."

쟈클린은 생기를 되찾은 듯 더이상 기침을 하지 않았다. 에테르의 효과였을까? 쟈클린과 단둘이서 시간을 보낼 때, 나는 공허하고 신선한 기분에 젖었다. 좁은 침대 위에 있는 둘만의 모습, 마치 회오리바람처럼 우리를 사로잡던 흔들림, 알람시계의 소리보다 더 크게 울려퍼지던 쟈클린의 음성…. 나는 꿈을 꾸었던 것은 아니었는지 생각해 보았다. 그녀는 내게 반말을 했지만 지금은 다시 '당신'이라고 존칭을 사용했다. 나는 반 베버르가 다시 포르즈 레조나 디에프로 가기를 기다려야만 했다. 그렇지만, 그런다고 해서 그녀가 나와 함께 파리에 남아 있을지는 확실하지 않았다.

"내가 없는 동안 당신들은 뭘 하고 지냈어요?"

순간 나는 그가 무엇인가 의심하고 있다는 것을 느꼈다. 그러나 그는 아주 방심한 듯이 일상적인 어투로 물었다.

"특별한 일은 없었어. 우린 영화관에 갔었어."

그녀는 마치 내가 이런 거짓말에 공범자가 되기를 바라는 것처럼 나의 눈을 똑바로 쳐다보며 말했다. 그녀는 변함없이 자기 손을 반 베버르의 손 위에 얹어 놓고 있었다.

"어떤 영화?"

"《문플릿(Moonfleet)의 밀수업자들》이란 영화였어요."

내가 대답했다.

"그래서, 영화는 괜찮았어요?"

그는 쟈클린의 손으로부터 자기 손을 빼냈다.

"참 좋은 영화였어요."

그는 우리를 한 사람씩 번갈아가며 주의 깊게 쳐다보았다. 쟈클린은 그의 시선을 피하지 않았다.

"그 영화에 대한 이야기를 듣고 싶지만 다음에 듣기로 하죠.

당신들이 시간 있을 때…. 서두를 필요는 없으니까요."

그의 미묘한 말투와 함께 나는 쟈클린의 얼굴에서 약간의 불안감을 느낄 수 있었다. 그녀는 인상을 찡그리고 있었다. 결국 그녀는 그에게 이렇게 말했다.

"호텔로 돌아갈까?"

또다시 그녀는 그의 손을 잡았다. 그녀는 마치 내가 있다는 것을 잊고 있는 것 같았다.

"지금 당장 돌아가고 싶지는 않아. 커피를 한잔 더 마셔야겠는데."

"그럼, 커피 마시고 나서 호텔로 가자."

그녀는 아주 상냥한 목소리로 되풀이해서 말했다.

나는 갑자기 아침이 되었다는 것을 깨닫게 되었고, 그제서야 환상에서 깨어나는 듯했다. 지난밤에 느꼈던 모든 행복은 사라지고 있었다. 단지 밤색 재킷을 입은 까만 머리의 소녀만이 창백한 안색을 띠고 있었고, V자 무늬가 거꾸로 새겨진 외투를 입고 있는 한 남자가 그녀의 맞은편에 앉아 있을 뿐이었다. 그들은 라틴 대학가에 있는 카페에서 서로 손을 잡고 있었다. 그리고 호텔로 돌아가려고 하고 있었다.

겨울의 새로운 하루가 시작되려 하고 있었다. 나는 대학교를 향해 걷고 있는 사람들이 오고가는 생미셸 대로에서 단조로움을 느끼며 아직도 방황해야만 했다. 나와 비슷한 또래였지만, 그들은 나와는 다른 세계에 살고 있는 사람들이었다. 나는 그들만의 고유 언어를 겨우 알아들을 수 있었다. 나는 반 베버르에게 다른 곳에 가서 살고 싶다고 말했다. 대학생들 속에서 마음이 편하지 못했기 때문이다. 그러자 그는 대답했다.

"그건 지나친 걱정이에요. 대학생들과 함께 있어도 우리의 신분이 노출될 염려는 없어요. "

쟈클린은 마치 대화의 주제가 흥미롭지 않다는 듯이 고개를 돌렸고, 반 베버르가 나에게 비밀 얘기를 할까봐 걱정을 하고 있었다.

"왜 그렇게 말하는 거죠? 당신들은 신분이 드러나는 것이 두렵나요?"

내가 그렇게 물었지만 그는 대답하지 않았다. 그러나 나는 그의 설명이 필요하지 않았다. 나 역시 내 신분이 드러나는 것을 우려하고 있었기 때문이다.

"그만 호텔로 돌아갈까?"

그녀는 반 베버르의 손을 쓰다듬으면서 상냥하게 말했다. 나는 그녀가 단테 카페에서 했던 말을 떠올렸다.

"난 제라르 없이는 지낼 수가 없어요. "

그는 호텔방으로 돌아가려고 했다. 쟈클린과 내가 어젯밤 에테르 향기를 가슴속 깊이 들여마신 것처럼 그도 그녀와 함께 그 향기를 맡을까? 아니, 조금 전에 우리가 호텔을 나왔을 때 쟈클린은 센 강변을 걸으며 에테르 병을 그녀의 재킷 속에서 꺼내어 약간 멀리 떨어진 하수구에 던져버렸다.

"더이상 이런 약을 사용하지 않겠다고 제라르와 약속했어. "

그녀를 알기 전까지 나는 이 같은 의심을 하지 않았다. 한편으로는 실망했지만 나 역시 공범의 불안감을 느꼈다. 그녀가 이 약물을 즐기려고 한 것은 바로 내가 있었기 때문이다.

나는 그들과 센 강변까지 함께 걸었다. 호텔 입구를 지나는 순간 반 베버르는 나에게 손을 내밀었다.

"또 만납시다."

"우리 단테 카페에서 다시 만나요."

그녀는 나의 시선을 피하며 내게 말했다.

나는 그들이 계단을 올라가고 있는 것을 바라보았다. 그녀는 반 베버르의 팔짱을 끼고 있었다. 나는 호텔 입구에서 움직이지 않고 그대로 서 있었다. 그리고 나서 그들의 방문이 닫히는 소리를 들었다. 잎이 떨어진 플라타너스를 따라서 센 강변의 투르넬 강변로까지 나는 계속 안개와 축축한 냉기 속으로 걸어갔다. 방한화를 신고 있어서 다행이었지만, 난방이 되지 않는 호텔방의 추위와 갈색 나무침대는 나에게 약간의 불안감을 주었다. 반 베버르는 디에프 카지노에서 3천 프랑을 벌었다.

어떻게 하면 나도 그처럼 막대한 금액의 돈을 마련할 수 있을까? 나는 아직 팔지 못한 책들을 어림잡아 계산해 보았다. 그러나 얼마 되지 않았다. 하지만 만약 내가 어떻게 해서든지 그렇게 많은 돈을 준비한다고 하더라도, 쟈클린은 나를 완전히 외면할 수도 있을 것이다.

그녀는 나에게 '우리 단테 카페에서 다시 만나요'라고 말했지만 태도는 분명하지 않았다. 어쩌면, 처음부터 오후마다 내가 그들을 기다렸던 것처럼, 또다시 그렇게 기다려야만 할지도 모른다. 나는 이런 생각이 머릿속에 떠오르게 되었다. 그녀는 지난밤 우리 사이에서 일어난 일 때문에 더이상 나를 만나고 싶어 하지 않을 것이다. 이제 나는 그녀에게 불편한 존재가 되었다.

나는 생미셸 대로를 거슬러 올라갔고, 마치 아무런 이유도 없이 이곳의 포로가 된 것처럼 오래 전부터 같은 길 위에서 제자리걸음을 걷고 있는 느낌이 들었다. 내가 대학생처럼 위장한 가짜 학생증을 호주머니에 가지고 있으며 그것으로 인해 대학가에서 지낼 수 있다는 한 가지 사실만이 나를 그런 느낌에서 벗어나게 했다.

리마 호텔에 도착했을 때 나는 어쩐지 호텔로 들어가기가 망설여졌다. 그러나 가죽 서류가방과 책가방을 들고 다니는 사람들 사이에, 또는 고등학교와 소르본느 대학 그리고 국립공과대학교를 향해 걸어가고 있는 학생들 틈에 끼인 채 길에서 하루 종일 머물러 있을 수는 없었다. 나는 방에 들어가 침대에 누웠다. 그 방은 어떤 다른 작업을 하기에는 너무 좁았기 때문이다. 말하자면 글을 쓸만한 책상이나 의자도 없었고, 사색할 수 있는 안락의자도 없었다.

교회의 종탑은 창틀 사이에서 윤곽이 뚜렷하게 나타났으며, 내가 좋아하는 마로니에 나무도 창문 밖으로 선명하게 볼 수 있었다. 아직 잎새들도 덮여 있지 않은 그 나뭇가지들이 봄을 맞이하려면 아직 한 달은 더 기다려야만 할 것이었다.

그 당시 내가 나의 미래에 대해서 진지하게 생각해 보았는지조차 기억이 나지 않는다. 나는 도피하려고 하는 막연한 계획을 하면서도 오히려 지금처럼 현재의 상황에 따라 적응하며 살고 있었고, 또한 단테 카페에서 쟈클린과 반 베버르를 다시 만나리라는 기대 속에 살고 있었던 것 같다.

4

　그들이 내게 카르토 씨를 소개해 준 것은 그들을 만나기로
한 시간보다 한참 후인 새벽 한 시였다. 저녁마다 나는 단테 카
페에서 특별한 이유없이 그들을 기다렸지만, 감히 호텔에 들어
가지는 못했다. 나는 소메라르 거리에 있는 중국 식당들 중 한
곳에서 메인 디쉬만을 먹었다. 쟈클린을 더이상 만나지 못하리
라는 예감이 식욕을 잃게 하였다. 그리고 나서 나는 마음을 진
정시키려고 애썼다.

　그들은 갑자기 호텔을 떠나지는 않을 것이다. 만약 호텔을
떠난다고 하더라도 나를 위해 호텔 관리인에게 주소를 남겨 놓
고 갈 것이다. 그러나 무슨 이유 때문에 그들이 나에게 주소를
남겨 놓을 것인가? 할 수 없지. 나는 토요일과 일요일마다 디에
프 카지노와 포르즈 레조 카지노에 가서 그들을 찾으며 배회할

것이다.

나는 생 줄리앙 르 포브르로 향하는 센 강변에 있는 영국 서점에서 오랫동안 시간을 보냈다. 거기서 나는 책 한 권을 샀다. 내가 열 다섯 살쯤 되었을 때 불어로 읽었던 《자메이카의 태풍 (A High Wind in Jamaica)》이라는 책이었다. 나는 서점이 나타날 때까지 발길 닿는 대로 걷다가 생세브랭 거리에서 매우 늦게까지 문을 열고 있는 이 서점을 발견했었다. 서점에서 나와서 다시 호텔방으로 돌아와 새로 사온 책을 읽으려고 했다.

그러나 어떤 알 수 없는 힘이 또 다시 나를 밖으로 나오게 했고, 오늘 새벽 쟈클린과 함께 있었던 큐자 거리의 카페까지 내 발걸음을 이끌었다. 나는 매우 흥분해 있었다. 그들은 갈색 머리의 한 남자와 함께 창가 가까이의 테이블에 앉아 있었다. 반 베버르는 그 남자의 오른쪽에 앉아 있었다. 나는 그들과 마주 앉은 쟈클린만을 바라보고 있었는데 그녀는 팔짱을 끼고 긴 쿠션 의자에 혼자 앉아 있었다. 창문을 등지고 노란 불빛 아래 앉아 있는 그녀를 생각하며 나는 시간의 흐름을 다시 되돌리지 못하는 것을 아쉬워했다. 오늘의 내가 과거로 거슬러 올라가 그때와 똑같이 큐자 거리에 다시 설 수 있다면, 나는 이처럼 어항 속에 갇힌 쟈클린을 자유로운 세상 밖으로 쉽게 빠져나오게 할 수 있을 텐데….

어쩐지 그들이 앉아 있는 테이블로 걸어가는 것이 어색하게 느껴졌다. 나를 발견한 반 베버르는 친근하게 손을 들어 반갑다는 표시를 했다. 쟈클린은 조금도 놀란 기색을 나타내지 않고 미소로 나를 맞이했다. 그들과 함께 있던 남자에게 나를 소개한 것은 반 베버르였다.

"이 분은 피에르 카르토 씨예요."

나는 그와 악수를 하고는 쟈클린 옆에 앉았다.

"이 근처를 지나던 길이었나요?"

반 베버르는 서먹한 관계인 사람에게 대하는 예의 바른 어조로 나에게 말했다.

"네. 이 앞을 지나가다가 그냥 들어와 본 거예요."

쟈클린은 나의 시선을 피하고 있었다. 카르토와의 만남이 그들과 나 사이에 이런 거리감을 생기게 하였을까? 내가 그들이 주고받던 대화를 중단시킨 것은 틀림없었다.

"뭐 좀 마시겠습니까?"

카르토가 내게 물었다.

그는 마치 대화를 하거나 설득하는 데에 익숙한 사람처럼 아주 굵고 낭랑한 목소리로 말했다.

"석류주스 한 잔 주세요."

그는 서른 다섯 살쯤으로 우리보다 훨씬 나이가 들어 보이는 중년 남자였다. 그는 갈색 머리였고 이목구비가 뚜렷했으며 회색 양복을 입고 있었다.

나는 주머니 속의 담뱃갑을 찾으려고 들고 있던 책을 테이블 위에 올려놓았다. 호텔을 나올 때 《자메이카의 태풍》을 레인코트 주머니에 집어 넣고 나왔었다. 내가 좋아하던 이 소설책을 몸에 지니고 있다는 것이 나를 안심시켰다. 카르토는 그 책을 유심히 들여다보았다.

"당신, 영어로 씌어진 책을 즐겨 읽나요?"

나는 그에게 그렇다고 대답했다. 쟈클린과 반 베버르가 말없이 앉아 있었기 때문에 그는 내게 계속 말을 건넸다.

"당신들은 오래 전부터 알고 지냈나요?"

"우리는 이 근처에서 우연히 만나게 됐어요."

쟈클린이 내 대신 대답했다.

"아, 그래요. 알겠어요."

그는 정확하게 무엇을 알겠다는 것이었을까? 담배에 불을 붙이며 그가 다시 말했다.

"당신도 이들과 함께 카지노에 가나요?"

"아뇨."

반 베버르와 쟈클린은 여전히 말이 없었다. 내가 그 자리에 있는 것이 왜 그들을 그토록 불편하게 했을까?

"그러면 당신은 이들이 세 시간 동안 계속해서 룰렛 게임을 하는 것을 한 번도 본 적이 없겠군요."

그가 웃음을 터뜨리며 큰 소리로 말했다.

쟈클린은 내게로 몸을 돌리며 말했다.

"우리는 이분과 랑그륀느에서 알게 되었어요."

"나는 당장에 이들의 신분을 알아보았지요. 이들은 매우 색다른 방식으로 게임을 하고 있었거든요."

카르토가 말했다.

"뭐가 색다른 점이었지요?"

반 베버르가 순진함을 가장한 어투로 그에게 물었다.

"당신이 랑그륀느에서 할 수 있는 일이 무엇일까, 우리는 생각해 봤어요."

그에게 웃음을 던지며 쟈클린이 말했다.

반 베버르는 언제나처럼 말 탄 기사같은 포즈로 허리를 구부리고 고개를 두 어깨 사이로 집어넣은 채 앉아 있었는데 왠지 불안해 보였다.

"당신도 카지노에서 게임하는 걸 즐기나요?"

나는 카르토에게 물었다.

"뭐 그렇게 흥미롭지는 않아요. 그냥 카지노에 들어가는 것이 재미있을 뿐이지요. 할 일 없이 권태로운 시간을 보낼 때는 그것 이상 재미있는 게 없으니까요."

나는 갑자기 그가 그런 시간 이외에는 어떤 일을 하고 지낼까 궁금해졌다.

쟈클린과 반 베버르는 내가 카르토를 불편하게 하는 말을 할까봐 또는 그와 대화를 주고받는 동안 쟈클린과 반 베버르가 나에게 감추려고 했던 무엇인가를 그가 누설할까봐 두려웠던 것일까?

"다음주에는 포르즈로 가나요?"

카르토는 재미있어하는 표정으로 그들을 쳐다보았다.

"차라리 디에프가 더 낫겠어요."

"거기까지 내 차로 데려다 줄 수 있어요. 그게 훨씬 빠르겠지요."

그는 쟈클린과 내쪽으로 몸을 돌렸다.

"어젠 디에프에서 돌아오는 데 한 시간이 넘게 걸렸어요."

어제 파리까지 반 베버르를 데려다 준 사람이 바로 그였던 것이다. 나는 큐자 거리에 있는 정거장에 멈춰섰던 까만 자동차를 기억하고 있다.

"당신이 그렇게 해주신다면 좋겠지요. 갈 때마다 기차를 타는 것은 참 귀찮은 일이거든요."

쟈클린이 말했다. 그녀는 마치 그의 말에 강한 인상을 받은 것처럼, 그리고 그의 자상함에 감탄한 것처럼 카르토를 쳐다보고 있었다. 반 베버르는 이런 것을 눈치채고 있었을까?

"당신에게 도움이 된다니 기쁠 따름입니다. 당신도 함께 가면 좋겠군요."

그는 쟈클린에게 향했던 시선을 돌려 묘한 눈빛으로 나를 뚫어지게 바라보며 말했다. 그는 마치 지금부터 나를 평가하려는 듯했으며, 내가 자기에게 약간 건방진 태도를 보였다고 생각하는 것 같았다.

"난 지방에서 열리는 카지노에는 가지 않아요."

나는 조금 냉정하게 말했다. 그는 나의 말에 충격을 받은 듯했다. 쟈클린 역시 내 말에 당황했다. 반 베버르는 잠자코 앉아 있었다.

"그건 잘못된 판단입니다. 지방에서 열리는 카지노가 더 흥미진진해요."

그의 얼굴이 굳어진 것을 보면 틀림없이 내가 그를 화나게 한 것 같다. 겉으로 보기에는 수줍음을 타고 소심한 성격을 지닌 것처럼 보이는 젊은 친구의 입에서 이 같은 말이 나오리라고는 예상하지 못했을 것이다. 그러나 거북한 분위기를 없애고 싶어서 나는 이렇게 말했다.

"당신 생각이 옳아요. 참 재미있지요. 특히 랑그뤼느 카지노는 더욱…."

그랬다. 나는 카르토가 쟈클린과 반 베버르를 우연히 만났을 때 랑그뤼느에서 그가 어떤 활동을 하고 있었는지 물어보아야

했다. 나는 랑그륀느라는 도시를 잘 알고 있었다. 왜냐하면 1년 전에 노르망디 지방을 여행하는 동안 친구들과 함께 오후 한때를 그곳에서 보냈었기 때문이다. 나는 그 도시에서 회색 양복을 입고, 카지노를 찾아 바닷가에 줄지어 있는 낡은 별장을 따라서 빗속을 걷고 있는 카르토를 상상하기가 정말 힘들었다. 나는 카르토가 랑그륀느가 아니라 그보다 조금 더 먼 곳인 뢱 슈르메르에 살고 있는 게 아닐까 막연히 짐작했다.

"당신은 대학생인가요?"

마침내, 그는 내게 이렇게 물었다. 나는 우선 그렇다고 대답하고 싶었지만, 아주 간단한 이 대답이 모든 것을 더 복잡하게 만들 수도 있다는 생각 때문에 잠시 망설였다. 왜냐하면 전공 분야가 어떤 것인지 나중에 정확하게 설명을 해야 할 것이기 때문이었다.

"아뇨, 난 책 파는 일을 하고 있어요."

나는 이 대답이 그를 만족시켰으면 하고 바랬다. 그는 같은 질문을 쟈클린과 반 베버르에게도 했을까? 그렇다면 그들은 그에게 뭐라고 대답했을까? 반 베버르는 그에게도 자신이 행상인이라고 말했을까? 나는 그가 그런 대답을 했을지 의심스러웠다.

"나는 바로 맞은편에 있는 저 대학에 다녔어요."

그는 우리에게 거리 반대편에 있는 작은 건물을 가리켰다.

"저 건물은 정형외과 대학이지요. 나는 저기에서 1년 동안 공부했어요. 그리고 나서 슈아지 거리에 있는 치과 대학을 졸업했구요."

그는 마치 우리에게 비밀 이야기를 하듯 말했다. 그는 정말 정직한 사람이었을까? 아마 그는 자신이 우리와 같은 또래가 아니라는 것과 이제 더이상 대학생이 아니라는 사실을 우리가 의식하지 못하게 하려고 했던 것 같다.

"나는 확실한 진로를 정하기 위해서 치과 대학을 선택했어요. 내게도 당신들처럼 빈둥거리는 경향이 있었거든요."

나는 이제 이 서른 다섯 살 먹은 중년 남자가 회색 양복을 입고 라틴 대학가의 한 카페에서 우리와 함께 그토록 늦게까지 있었던 이유에 대해서 간략하게 설명할 수 있다. 그는 쟈클린에게 관심이 있었던 것이다.

"뭐 다른 걸 마시겠어요? 난 위스키를 한잔 더 해야겠는데."

반 베버르와 쟈클린은 조금도 초조한 기색을 보이지 않았다. 나는 마치 무감각해진 다리가 무거워서 침대에서 몸을 일으킬 수 없는 악몽에 시달리는 사람처럼 의자 위에 마냥 앉아 있었다. 가끔씩 나는 쟈클린 쪽으로 몸을 돌렸고, 이 카페에서 나가 단둘이서만 파리의 리옹 역까지 걷자고 그녀에게 제안하고 싶었다. 그녀가 내 제안을 받아들였다면 우리는 밤 기차를 탔을 것이고 다음날 아침 코트 다쥐르(역주: 프랑스의 지중해 연안 지방)나 이탈리아에 도착했을 것이다.

카르토의 차는 큐자 거리에서 조금 더 위로 올라간 인도에 주차되어 있었다. 그 길에는 층계와 쇠로 된 난간이 있었다. 쟈클린은 앞좌석에 탔다.

카르토는 내게 호텔 주소를 물었고, 우리는 생자크 거리를 따라 생제르맹 거리로 다시 돌아왔다.

"당신들 모두 호텔에 살고 있는 것으로 알고 있는데….."

라고 말하며 그는 반 베버르와 나에게 고개를 돌렸다. 또다시 그는 빈정거리는 듯한 웃음으로 우리를 쳐다보았고, 그의 그런 표정은 나에게 우리 둘을 무시하는 듯한 인상을 주었다.

"결국 방랑자 같은 인생이죠."

내 말에 그는 아마 농담 어린 동조의 표시를 하고 싶었던 것 같다. 그는 마치 젊은이들에 대해서 위압감을 느끼는 나이든 사람처럼 어색하게 말했다.

"그러면 당신들은 언제까지 호텔에서 살 작정인가요?"

이번에 그는 쟈클린에게 말을 건넸다. 그녀는 담배를 피우고 있었고, 반쯤 열린 차창 밖으로 담뱃재를 털었다.

"우리가 파리를 떠날 수 있을 때까지요. 그것도 마요르카 섬에 살고 있는 미국인 친구에게 달려 있지만요."

조금 전에 나는 센 강변에 있는 영국 서점에서 이 미국인 작가 맥 지번이 쓴 책을 찾으려고 했었다. 그 사람이 존재한다는 유일한 증거는 바로 쟈클린이 들고 있던 편지봉투에서 그 사람의 이름을 보았다는 것이며, 그 봉투에는 마요르카 섬의 주소가 적혀 있었다. 그러나 나는 수신인의 이름이 '맥 지번'이었는지는 확신할 수가 없었다.

"정말 그 사람을 믿어도 될까요?"

카르토가 물었다. 내 옆에 앉아 있던 반 베버르는 그 말에 당황하는 것 같았다.

"물론이에요. 그 사람은 우리에게 마요르카 섬으로 올 것을 제의했어요."

그녀는 내가 이제까지 들어보지 못했던 분명한 목소리로 말했다. 나는 그녀가 이 '미국인 친구'에 대해 이야기하면서 카르토에게 존경심을 일으키게 하고 싶어한다는 느낌을 받았고, 카르토만이 쟈클린과 반 베버르에게 관심을 보인 유일한 사람이 아니라는 것을 그에게 인식시키려고 한다는 느낌이 들었다.

그는 내가 머물고 있는 호텔 앞에 차를 세웠다. 그래서 나는 어쩔 수 없이 그들과 헤어져야만 했다. 그리고 내가 단테 카페에서 그들을 기다리곤 하던 때처럼 되어버려, 그들과 다시는 만나지 못할 것이라는 생각으로 불안해했다.

카르토는 그들을 곧바로 호텔로 데려다주지 않았을 것이다. 틀림없이 그들은 함께 센 강의 좌안지구 어디선가 이 밤을 보내고 있을 것이다. 또는 정확하게 말하자면 이 대학가에서 마지막 한잔을 마셨을 것이다. 그 전에 우선 그들은 나를 떼어놓고 싶어했던 것이다.

아까 반 베버르는 차에서 내린 후 차문을 그대로 열어두었다. 나는 카르토의 손이 쟈클린의 무릎을 가볍게 스치는 것을 본 듯했지만 어두워서 잘못 본 것일 수도 있었다.

그녀는 나에게 시선을 주지도 않은 채 '또 만나요'라고 말했고, 카르토 역시 나에게 무관심한 어조로 '잘 자요'라고 인사했다. 나는 이제 그들에게 불필요한 존재였다. 반 베버르는 인도 위에 서서 내가 차에서 내리기만을 기다리고 있었다. 그는 나와 악수를 하며 '아마 조만간에 단테 카페에서 만나게 되겠지요'라고 말했다.

호텔 입구에서 나는 다시 뒤를 돌아보았다. 반 베버르는 나에게 손짓을 해 보이고는 차에 올라탔다. 그리고 차문이 쾅 하고 닫혔다. 그는 뒷좌석에 혼자 앉은 채였고 차는 곧 센 강변 쪽으로 멀어져 갔다. 그 길 역시 파리의 아우츠테를리치와 리옹 역으로 갈 수 있는 길이었으며 나는 그들이 파리를 떠날 것이라고 생각했다.

방으로 올라가기 전에 나는 야간 경비에게 전화번호부를 부탁했다. 나는 '카르토'의 정확한 철자를 모르고 있었고, 전화번호부에는 다음과 같이 수많은 동음의 이름들이 적혀 있었다. Cartau, Cartaud, Cartault, Cartaux, Carteau, Carteaud, Carteaux. 그러나 그 이름들 중 어떤 사람도 피에르라는 이름을 가지고 있지 않았다.

나는 잠을 이루지 못했고, 카르토에게 질문을 더 하지 못한 것을 아쉬워하고 있었다. 그러나 그가 내 질문에 대답을 했을까? 만약 그가 진짜 치과 대학에서 공부한 학생이었다면 지금 치과 의사라는 직업에 종사하고 있을까? 나는 치과 의사가 입는 흰 가운을 걸치고 진료실에서 환자를 치료하고 있을 카르토를 상상하려고 애를 썼다. 그리고 나서 쟈클린과 그녀의 무릎 위에 얹힌 카르토의 손을 생각했다. 아마 반 베버르는 내가 궁금히 여기는 것에 대해 몇 가지 설명을 해줄 수 있었을 것이다.

꿈자리는 사나웠다. 전화번호부에서 보았던 그 이름들이 꿈 속에서 차례대로 반짝이며 하나씩 지나갔다. Cartau, Cartaud, Cartault, Cartaux, Carteau, Carteaud, Carteaux.

5

　여덟 시쯤에 잠에서 깨어났을 때 누군가가 방문을 노크하고 있었다. 쟈클린이었다. 나는 악몽에서 깨어난 사람처럼 일그러진 모습을 하고 있을 것이 분명하므로 침대에서 후닥닥 일어났다. 잠시만 기다려 달라고 하자 그녀는 호텔 밖에서 기다리겠다고 말했다.

　어느새 창밖에는 밤이 찾아와 있었다. 어두운 창문 밖으로 내다보니 그녀는 길 건너편에 있는 벤치에 앉아 있었다. 그녀는 가죽재킷의 옷깃을 세우고 추위에 떨지 않으려고 손을 주머니 속에 넣고 있었다.

　우리는 둘이서 센 강변을 향해 걸어갔고, 파리의 주류 도매 시장 앞에 있는 카페로 들어갔다. 어떻게 그녀가 다시 내 앞에 마주앉아 있게 됐을까? 전날 밤 카르토의 차에서 내린 이후부터

이런 상황이 내게 오리라는 것은 미처 상상하지 못했다. 내가 예상했던 것은 고작해야 오후 시간 동안 아무것도 하지 않고 지루하게 단테 카페에서 그녀를 기다리는 것이었다. 그녀는 반 베버르가 여권을 새로 발급받기 위해 출생증명서 초본을 찾으러 아티몽으로 떠났다고 말했다. 그들이 3개월 전 벨기에에서 여행하는 동안 여권을 잃어버렸기 때문이었다.

그녀는 어제 저녁 내가 카르토와 그들 두 사람을 당황하게 했을 때 보여주던 무관심한 행동은 더이상 하지 않았다. 나는 그녀와 단둘이 있는 동안, 예전으로 다시 돌아온 것 같은 그녀를 느꼈다. 나는 그녀에게 감기가 다 나았는지 물었다. 그녀는 대답 대신 어깨를 으쓱했다. 오늘은 어제보다 더 날씨가 쌀쌀했지만 그녀는 여전히 얇은 가죽재킷을 입고 있었다.

"제대로 된 겨울 외투를 마련해야겠어요."

그녀는 나의 눈을 똑바로 쳐다보며 약간 조롱하는 듯한 미소를 지었다.

"당신은 제대로 된 외투가 어떤 거라고 생각해?"

그녀의 엉뚱한 질문에 나는 잘못을 저지르기라도 한 사람처럼 잠시 멈칫했다. 그러나 곧 그녀가 나를 안심시키기라도 하려는 듯이 말했다.

"어쨌든 겨울은 이제 곧 끝나."

그녀는 마요르카 섬으로부터 올 소식을 기다리고 있었다. 그러나 그 소식은 언제 올지 기약이 없었다. 그녀는 봄이 되면 떠나기를 바랬다. 내가 정말 원한다면 나도 그들과 함께 갈 수 있을 것이다. 나는 그녀가 이 사실을 다시 확인시켜주었다는 사실에 마음이 놓였다.

"카르토 씨로부터는 연락이 있었나요?"

카르토라는 이름을 듣자 그녀는 눈썹을 찌푸렸다. 나는 비오는 날이나 화창한 날씨 얘기를 하는 사람처럼 평범한 말투로 말했다.

"그의 이름을 기억해?"

"그 사람 이름은 기억하기 쉬우니까요."

카르토라는 사람은 자기 일을 하고 있을까? 그는 자크마르 안드레 박물관 근처 오스만 거리에 자리잡은 구강외과 전문의 치과 진료실에서 치료를 하고 있을 것이다.

그녀는 아주 신경이 예민해진 모습으로 담배에 불을 붙였다.

"그는 우리에게 돈을 빌려줄 수 있을 거야. 그 돈은 우리가 여행하는 데 도움이 될 거구."

내 반응을 살피는 듯 조심스럽게 말하는 그녀에게 나는 물어보았다.

"그는 부자인 모양이죠?"

그녀는 미소를 지을 뿐 내 물음에 대답은 하지 않았다. 대신 슬그머니 말머리를 돌렸다.

"조금 전에 당신은 외투에 대해서 말했었지. 아, 그래. 난 카르토에게 털가죽 외투를 선물하라고 부탁할 거야."

그녀는 큐자 거리의 카페에서 그녀가 반 베버르에게 했던 것처럼 내 손 위에 자신의 손을 얹고 내 얼굴에 자기 얼굴을 갖다대며 속삭였다.

"걱정하지 마. 나는 털가죽 외투를 별로 좋아하지 않아."

내 방으로 들어오자 쟈클린은 까만 커튼을 쳤다. 나는 이 방에 머무르는 동안 한 번도 커튼을 쳐본 적이 없었다. 커튼 색깔이 나를 불안하게 했고, 나는 늘 창밖으로 날이 환해지는 것을 보며 잠에서 깨곤 했기 때문이다. 햇빛이 커튼 사이로 스며들어오고 있었다. 마루 바닥 위에 흩어진 쟈클린의 재킷과 옷을 바라보는 것이 이상하게 느껴졌다. 한참 후에 우리는 잠이 잠깐 들었었다. 계단을 오르내리는 소리에 잠에서 깨어났지만 나는 움직이지 않고 그대로 누워 있었다. 그녀는 나의 어깨에 머리를 기댄 채 계속 잠을 자고 있었다. 나는 손목시계를 보았다. 오후 두 시였다.

방을 나서면서 그녀는 저녁에는 만나지 않는 것이 낫겠다고 말했다. 반 베버르는 틀림없이 오래 전에 아티몽에서 돌아와 투르넬 강변로에서 그녀를 기다리고 있을 것이었다. 나는 그녀가 이 외출에 대해 어떻게 변명할 것인지 물어보고 싶지 않았다.

혼자 남게 되자 나는 여전히 전날 밤과 똑같은 상태로 돌아간 기분이었다. 또다시 나는 아무 것도 확신할 수가 없었으며, 여기서나 단테 카페에서 그녀를 기다리는 방법밖에 없겠다는 생각이 들었다. 아니면 새벽 한 시쯤에 큐자 거리를 지나가는 수밖에 없을 것 같았다. 그리고 다시 토요일마다 반 베버르는 포르즈 레조나 디에프로 떠날 것이고, 우리는 지하철역까지 그를 배웅하러 갈 것이다. 만약 그가 쟈클린이 파리에 혼자 남는 것을 허락한다면, 지난번과 똑같은 일이 또 반복될 것이다. 우리는 그가 돌아오기 전까지 둘만의 달콤한 시간을 보낼 것이다.

나는 커다란 베이지색 헝겊가방에 예술서적 서너 권을 넣고 계단을 내려갔다.

호텔 직원에게 나는 혹시 파리의 거리 이름이 적힌 전화번호부를 가지고 있는지 묻자 그는 새로 나온 것 같은 파란 겉표지의 책 한 권을 건네주었다. 나는 158번지에 있는 자크마르 안드레 박물관을 찾을 때까지 오스만 거리에 있는 모든 번지수를 다 훑어보았다.

160번지에 피에르 로베스라는 치과 의사가 살고 있었다. 나는 우연히 발견한 그의 전화번호를 메모해 두었다. wagram 13-18. 그리고 나서 베이지색 가방을 들고 생 줄리앙 르 포브르에 있는 영국 서점까지 걸어가서 들고 갔던 책들 중 한 권을 250프랑에 어렵게 팔았다. 그 책은 바로 《이탈리아 풍의 별장과 정원(Italian Villas and Their Gardens)》이었다.

6

나는 오스만 거리 160번지 건물 앞에서 잠시 망설이다가 정
문 안으로 들어갔다. 벽에 붙은 표지판 위에 이름과 층수가 커
다랗게 새겨져 있었다.

전문의 피에르 로베스 박사—피에르 카르토
3층

그 표지판에 씌어 있는 카르토의 이름은 다른 이름과 다른
글씨체로 기입되어 있었다.

나는 3층 문의 초인종을 누르기로 마음먹었지만 승강기를 타
지는 않았다. 승강기의 두 유리문과 쇠창살은 어둠 속에서 차갑
게 빛나고 있었다. 나는 문을 열어줄 사람에게 할 말을 미리 생

각하면서 계단을 천천히 올라갔다.

"카르토 박사와 약속을 했습니다."

만약 누군가 문을 열어 준다면 나는 갑자기 친구를 방문한 사람처럼 명랑한 어조로 이렇게 말할 것이다. 그렇게 하지 않으면 그가 나를 본 건 딱 한 번뿐이므로 알아보지 못할 수도 있겠다는 생각이 들어서였다.

문에는 금으로 새긴 표지판이 걸려 있었고, 거기에는 이렇게 씌어 있었다.

구강외과 전문의 자격증을 소유한 치과 의사

한 번, 두 번, 세 번. 초인종을 눌렀지만 안에서는 아무 응답도 없었다.

나는 그냥 돌아서서 건물을 빠져 나왔다. 자크마르 안드레 박물관을 지나서 유리로 덮인 노천 카페가 보였다. 나는 160번지 건물 입구가 보이는 테이블을 골라 앉아서 카르토가 도착하기를 기다렸다. 그가 쟈클린과 반 베버르를 정말 중요하게 생각하고 있는지 나는 확신할 수가 없었다. 그들의 만남은 우연한 만남들 가운데 하나일 뿐이었다. 쟈클린과 반 베버르는 평생 동안 카르토를 더이상 만나지 못할 수도 있는 것이다.

석류주스를 여러 잔 마시는 동안 어느새 저녁 다섯 시가 되었다. 오래도록 그곳에 앉아 있자니 내가 무엇 때문에 카페의 테라스에서 그를 기다리고 있는지조차 잊어버리게 되었다. 몇 개월 전부터 나는 센 강의 우안(右岸)지구에는 가지 않았고 이곳에 머무르고 있었다. 그러나 어쩐지 지금은 그곳보다도 투르넬 강변로와 라틴 대학가가 수백 킬로미터나 떨어진 것처럼 더 멀게만 느껴졌다.

시간이 흘러 밤이 되자 내가 들어올 때만 해도 한적했던 카페가 주변 건물의 사무실에서 나온 사람들로 차츰차츰 채워지기 시작했다. 단테 카페에서처럼 당구치는 소리도 들려왔다.

그때 까만 차가 자크마르 안드레 박물관 앞에 멈추어 섰다. 나는 무심코 그 차를 바라보았다. 잠시 후 그것이 카르토의 차라는 사실을 깨닫게 되자 나는 흥분하기 시작했다. 그의 차는 영국식 모델로 프랑스에서는 그렇게 흔한 차가 아니었기 때문에 내가 그 차를 알아본 것은 아주 당연한 일이었다. 그는 차에서 내려 누군가에게 차문을 열어주러 왼쪽으로 왔다. 열려진 왼쪽 문에서 내린 사람은 바로 쟈클린이었다.

그들이 건물 입구로 걸어가면서 카페의 테라스 유리창을 통해 나를 볼 수도 있었지만, 나는 자리에서 움직이지 않았다. 아니, 더 정확히 말하자면 나는 그들이 나를 발견하게 하려고 일부러 그 자리에 앉아 있었다.

그러나 그들은 나를 못 보고 그냥 지나쳤다. 카르토는 문을 밀어 쟈클린이 쉽게 들어갈 수 있도록 해주었다. 그는 남색 외투를 입고 있었고, 그녀는 아주 얇은 가죽재킷을 입고 있었다.

나는 계산대에서 전화용 토큰을 샀다. 공중전화박스는 지하에 있었다. wagram 13-18로 전화를 걸자 곧 누군가가 받았다.

"피에르 카르토 씬가요?"

"누구시죠?"

"쟈클린과 통화할 수 있을까요?"

이렇게 말해놓고 나는 잠시 동안 말없이 있다가 그냥 수화기를 내려놓았다.

7

그 다음날 오후 나는 단테 카페에서 쟈클린과 반 베버르를 만났다. 그들은 카페 구석의 당구대 앞에 단둘이 서 있었다. 그들은 내가 왔다는 걸 알면서도 게임을 중단하지 않았다. 쟈클린은 발목까지 꼭 끼는 바지를 입고 끈이 달린 빨간 샌들을 신고 있었다. 그녀가 신은 신발은 겨울용이 아니었다.

나는 반 베버르가 담배를 사러 간 틈을 이용해 쟈클린에게 따지듯 물었다.

"어제 오스만 거리에서 카르토 씨와 함께 보낸 시간은 즐거웠나요?"

갑자기 그녀의 안색이 창백해졌다.

"어째서 내게 그런 질문을 하지?"

"당신이 그와 함께 어떤 건물로 들어가는 것을 봤어요."

나는 애써 웃음을 지어 보이며 심각하지 않게 말했다.

"나를 몰래 따라왔던 거야?"

그녀가 눈을 동그랗게 뜨며 얘기하려는 순간, 반 베버르가 우리에게로 돌아왔다. 그러자 그녀는 내게로 몸을 기울여 낮은 목소리로 말했다.

"그건 비밀로 해둬."

나는 그 순간 지난밤에 쟈클린과 함께 향을 맡았던 에테르 병을 생각했다. 그것은 그녀의 말대로 매혹적이었다.

"무슨 걱정이 있는 사람 같군요."

반 베버르가 나를 악몽에서 깨어나게 하려는 듯 어깨를 툭툭 치며 말했다. 그는 나에게 담뱃갑을 내밀었다.

"당구 게임 계속할까?"

쟈클린이 그에게 물었다. 그를 나에게서 멀리 떨어져 있게 하려는 것처럼.

"지금은 별로 생각이 없어. 계속 치니까 머리가 아파."

그건 나도 마찬가지였다. 단테 카페 안에 있지 않을 때조차도 당구 치는 소리가 머리에서 떠나지 않았다.

"카르토 씨에 대한 소식은 들었나요?"

내가 반 베버르에게 이렇게 묻자 쟈클린은 인상을 찌푸렸다. 그 모습은 내게 카르토에 관한 이야기를 하지 말라는 경고의 뜻으로 여겨졌다.

"왜요? 그에게 관심이 있나요?"

그는 아주 퉁명스럽게 말했다. 내가 카르토라는 이름을 기억하고 있는 것에 대해서 놀라는 것 같았다.

"그는 유능한 구강외과 전문의죠?"

나는 반 베버르의 말에 대답 대신 이렇게 되물었다. 나는 그가 입었던 회색 양복과 그의 품위 있는 굵고 낭랑한 목소리도 기억하고 있었다.

"난 잘 모르겠는데…."

반 베버르가 말했다. 쟈클린은 우리들의 대화를 듣지 않는 척하고 있었다. 그녀는 카페 입구를 향해 고개를 돌린 채 다른 곳을 바라보고 있었다. 반 베버르는 웃고 있었지만, 그의 웃음은 약간 경직되어 있는 듯했다.

"그는 파리에서 시간제로 근무하고 있어요."

"그러면 나머지 시간에는 어디서 일하죠?"

"지방에서 근무하지요."

지난밤 큐자 거리의 카페에서 그들과 카르토 사이에 어색한 분위기가 감돌았고, 내가 그들 사이에 끼어들어 일상적인 대화를 나누는 중에도 그 어색함이 사라지지 않았던 것을 나는 기억한다. 그리고 지금 이 순간에도 쟈클린의 침묵 속에서 여전히 흐르고 있는 어색한 분위기를 느낄 수 있다. 반 베버르의 얼버무리는 듯한 대답 역시 불편한 느낌이었다.

"그 사람은 찰거머리 같이 끈질긴 구석이 있는 것 같아."

쟈클린이 말했다. 반 베버르는 이제부터 더이상 내게 숨길 것이 없다는 듯, 그녀가 먼저 비밀을 털어놓기로 한 것에 대해 안심하는 듯했다.

"우리가 그를 만나고 싶어하는 게 아니에요. 그가 우리를 귀찮게 따라다니는 거지요."

"맞아. 지난밤에 카르토가 말한 그대로야."

그들은 2개월 전에 랑그륀느의 카지노에서 서로 알게 되었다고 했다. 카르토는 그때 권태로움을 없애려고 혼자 룰렛 게임을 하고 있었다. 그는 뤽 슈르메르에서 멀리 떨어져 있는 레스토랑에 쟈클린과 반 베버르를 데리고 가서 저녁 식사를 대접했다. 그 자리에서 그는 자신을 지방에서 근무하고 있는 치과 의사라고 소개했다.

"그럼 당신들은 그게 사실이라고 생각하세요?"

반 베버르는 내가 카르토의 직업을 의심하고 있는 것에 대해 놀란 듯했다. 항구 도시 르 아브르의 치과 의사라고….

나는 오래 전에 영국으로 건너가기 위해 배를 타려고 여러 번 그 도시에 갔었고, 부둣가 주변을 산책하기도 했다. 나는 역에 도착한 시간과 거기서 항구까지 걸린 시간을 기억해 내려고 애썼다. 콘크리트로 지어진 큰 빌딩들은 가로수가 늘어서 있는 광활한 대로를 따라 모두 같은 모양으로 줄지어 있었다. 크고 견고해 보이는 건물과 광장들은 나에게 공허한 느낌을 갖게 했었다. 나는 그런 도시에서 일하고 있다는 카르토의 모습을 상상해 보았다.

"그는 우리에게 르 아브르에 있는 자기 주소까지도 알려주었어요."

반 베버르가 카르토를 변명하기라도 하듯 말했다. 나는 차마 쟈클린 앞에서 반 베버르에게 혹시 카르토가 살고 있는 파리 오스만 거리의 주소도 알고 있는지까지는 물어보지 못했다. 그녀는 갑자기 반 베버르를 바라보며 그가 모든 일을 너무 쉽게 생각하는 것이 못마땅하다는 표정을 지었다. 나는 쟈클린의 표정을 보며 혼자 속으로 생각했다.

'카르토는 노르망디 지방에 있는 해수욕장에서 우연히 만날

수 있는 보통 사람이며, 항구도시 르 아브르의 아주 평범한 치과 의사일 뿐이다.'

나는 부둣가에 있는 한 카페에서 배에 탑승할 시간을 기다렸던 것과 포르트 오세앙(역주 : 대서양으로 향하는 관문) 앞에서 배를 타곤 했던 일이 생각났다. 카르토도 그 건물을 자주 드나들었을까? 그곳에서도 그는 회색 양복을 입고 있었을까?

내일 나는 르 아브르의 지도를 살 것이고, 쟈클린과 단둘이 있게 될 때 그녀는 나에게 모든 것을 설명해 줄 것이다.

"우리는 카르토를 다시 만나지 못할 거라고 생각했지만 3주 전에 그를 파리에서 다시 만나게 되었죠."

반 베버르는 약간 더 허리를 구부리고 어깨 사이에 고개를 쑥 집어넣어 마치 장애물을 통과하는 것같은 포즈를 취했다.

"당신들은 그를 길에서 우연히 만난 건가요?"

"네. 정말 우연히 그와 마주쳤어요. 그는 샤틀레 광장 앞에서 택시를 기다리고 있었어요. 우리는 그에게 호텔 주소를 알려주었지요."

그녀는 카르토에 관한 이야기가 계속된다는 것을 지루하게 느끼는 것 같았다.

"근무시간의 반 이상을 파리에서 지내게 된 이후부터 그는 우리를 만나고 싶어했지요. 우리는 그를 거절할 수가 없었고…."

어제 오후에 카르토의 자동차에서 쟈클린이 내렸고, 그녀는 오스만 거리에 있는 건물 안으로 그를 뒤따라 들어갔다. 나는 그 두 사람을 자세히 보았다. 그런데도 쟈클린의 얼굴에는 망설이는 기미가 조금도 보이지 않았다.

"당신들은 그를 꼭 만나야만 하나요?"

"한동안은 그럴 예정이지요."

반 베버르가 미소를 지으며 말했다. 그는 다음과 같은 말을 덧붙이기 전에 잠시 머뭇거렸다.

"당신, 우리를 도와 줄 수 있겠지요? 그 사람이 우리를 성가시게 하려 할 때마다 우리와 함께 있어주면 돼요."

"당신이 우리와 함께 있으면 우리가 하는 일이 잘될 거예요. 당신에게 이런 부탁을 해도 괜찮을까요?"

쟈클린도 말했다.

"그럼요. 기꺼이 도와줄게요."

나는 그녀를 위해서라면 무슨 일이든지 할 수 있을 것만 같았다.

8

    토요일마다 반 베버르는 포르즈 레조로 떠났다. 나는 그들의
부탁대로 오후 다섯 시경에 호텔 앞에서 그들을 기다리고 있었
다. 먼저 나온 것은 반 베버르였다. 그는 내게 투르넬 강변로를
따라 산책하자고 제의했다.

    "나는 당신이 쟈클린을 보살펴줄 거라고 생각해요."

    나는 그의 말에 약간 당황했다. 그는 일이 생겨서 포르즈 레
조까지 자기 차로 그를 데려다줄 수 없다고 카르토가 전날 밤
전화한 사실을 약간 당혹스러운 듯 내게 설명해 주었다. 그러나
겉보기에 정중한 말들이 때론 허울뿐인 진실일 수 있다는 것을
나는 안다. 카르토는 단순히 쟈클린을 만나기 위해 반 베버르의
외출을 이용하려는 것이다.

    그렇다면 반 베버르는 왜 포르즈 레조에 쟈클린을 데려가지

않았던 것일까?

만약 쟈클린을 데려간다면 카르토는 그들을 만나러 다시 그곳으로 올 것이고, 그러면 결국 그것은 마찬가지 이야기가 될 거라고 반 베버르는 내게 말했다.

쟈클린은 호텔에서 나와 다시 우리와 만났다.

"당신들은 지금 카르토에 대해 얘기하고 있었어요. 그렇죠?"

그녀는 우리를 한 사람씩 번갈아가며 뚫어지게 바라보았다.

"내가 없는 동안 너와 함께 지내달라고 부탁하고 있었어."

반 베버르가 말했다.

"그래? 고마워."

우리는 지난번처럼 퐁 마리 지하철역까지 그를 배웅했다. 그들은 둘다 침묵을 지키고 있었다. 나도 더이상은 묻고 싶지 않았다. 나는 타고난 내 천성대로 무심하게 그들을 내버려두었다. 중요한 것은 내가 쟈클린과 단둘이 있게 된다는 것이다. 게다가 그녀 곁에서 보호자 역할을 해달라는 반 베버르의 부탁도 받았다. 내가 더이상 무엇을 더 바랄 수 있겠는가?

지하철역으로 내려가는 계단 앞에서 그는 내게 말했다.

"내일 아침에 돌아오도록 노력할게요."

V자 무늬가 새겨진 외투를 입은 그는 계단 아래서 잠시 똑바로 서서 움직이지 않고 쟈클린을 쳐다보고 있었다.

"만약 내가 보고 싶으면 언제라도 포르즈 카지노로 전화해."

그는 갑자기 무기력한 표정을 지었다. 그는 지하철 입구로 통하는 문을 밀었고, 그 문은 그가 들어간 다음 곧 닫혔다.

센 강의 좌안지구 방향으로 통하는 생루이 섬을 지나며 쟈클린은 나의 팔짱을 끼었다.

"우리는 언제 카르토를 만나게 될까요?"

내 질문이 그녀를 약간 곤란하게 했는지, 그녀는 대답이 없었다. 나는 그녀가 호텔 문 앞에다 나를 혼자 내버려두기를 바랐다. 그러나 그녀는 나를 자기 방으로 데려가고 싶어했다. 밤이 되자 그녀는 침대 옆에 있는 테이블 스탠드를 켰다. 나는 세면대 가까이 있는 의자에 앉았고, 그녀는 침대 가장자리에 기댄 채 팔을 구부려 무릎을 감싸안고 방바닥에 앉아 있었다.

"카르토의 전화를 기다려야 해."

역시 카르토가 문제였다. 하지만 왜 그녀는 그의 전화를 기다려야만 할까?

"어제 오스만 거리에서 나의 행동을 몰래 엿보고 있었지?"

"그랬어요."

그녀는 담배에 불을 붙였다. 그리고 담배 연기 한 모금을 내뿜자마자 기침을 했다. 나는 의자에서 일어나 그녀와 나란히 방바닥에 앉았다. 우리는 침대 가장자리에 기댄 채 서로의 등을 맞대고 앉아 있었다.

나는 그녀의 손에서 그녀가 피우고 있는 담배를 가져왔다. 그녀는 담배 연기 때문에 기침을 멈추지 못했고, 나는 그녀의 기침이 멎기를 기다렸다.

"나는 제라르 앞에서 카르토에 관해 이야기하고 싶지 않았어. 그는 당신과 마주앉아 있으면 불편해 하지. 하지만 나는 그가 모든 것을 알고 있다고 당신에게 말하고 싶었어."

그녀는 도전적인 표정으로 내 눈을 똑바로 쳐다보았다.

"지금 나는 달리 방법이 없어. 우리는 카르토가 필요해."

나는 그녀에게 무언가 말을 하려고 했지만 그녀는 침대 옆에 있는 테이블로 팔을 뻗어 스탠드를 껐다. 그녀는 나에게로 몸을 숙였고, 나는 내 목에 와 닿는 그녀의 입술을 느꼈다.

"우리 지금은 다른 생각을 하지 않는 게 좋지 않을까?"

그녀가 옳았다. 그러나 우리는 미래에 어떤 난처한 일이 일어날지 모르고 있었다.

저녁 일곱 시쯤에 누군가가 방문을 두드리며, 허스키한 목소리로 '전화 받으세요'라고 말했다. 쟈클린은 침대에서 일어나 스탠드를 켜지 않고 나의 레인코트를 입고, 문을 반쯤 열어놓은 채 방에서 나갔다.

전화기는 복도 통로의 벽에 고정되어 있었다. 나는 그녀가 '예' 또는 '아니오'라고 짧게 대답하는 것을 들었다. 상대편이 그녀의 말을 이해하지 못했는지 아니면 그녀가 쉽게 응하고 싶지 않았는지 '오늘 저녁엔 정말 올 필요가 없어요'라고 그녀가 반복해서 말하는 것도 들었다.

쟈클린은 돌아와 문을 닫고는 침대에 앉으려고 다가왔다. 그녀가 입고 있는 내 레인코트는 너무 커서 그녀의 모습이 우스꽝스럽게 보였다. 쟈클린은 레인코트의 소매를 걷어올렸다.

"30분 후에 카르토와 만나기로 약속했어. 날 데리러 올 거야. 그는 지금 나 혼자 있는 줄 알고 있거든."

그녀는 내게로 다가와 아주 작은 목소리로 말했다.

"당신이 나를 도와줬으면 해."

카르토는 자기 친구와 함께 저녁 식사하는 자리에 쟈클린을 데려갈 것이라고 했다. 그녀는 저녁 식사가 끝난 후 그 모임이 어떻게 진행될지 잘 모르고 있었다.

그녀의 부탁은 다음과 같은 것이었다. 나는 카르토가 도착하기 전에 호텔에서 나가야 한다. 그녀는 나에게 오스만 거리에 있는 카르토의 병원 열쇠를 줄 것이다. 나는 치과 병원 진찰실의 '창문쪽 선반'에 올려둔 가방을 찾으러 간다. 그리고 그 가방을 들고 바로 쟈클린의 방으로 돌아온다. 이것은 아주 간단한 일이었다. 그리고 그녀는 열 시경에 내게 전화를 걸어 어디서 만날 것인지를 말해 줄 것이었다.

그 가방에는 무엇이 들어 있을까? 그녀는 당황한 듯 했지만 미소를 지으며 말했다.

"약간의 돈이 들어 있어."

나는 예상외로 놀라지 않았다. 자기 가방이 없어진 것을 알면 카르토는 어떤 반응을 보일까? 그는 결코 자기 가방을 훔친 것이 우리라고는 의심할 수 없을 것이다. 물론 그는 우리가 아파트의 이중 열쇠를 가지고 있다는 것도 모르고 있었다. 그녀는 생라자르 역에 있는 '즉석 열쇠점'에서 카르토 모르게 열쇠를 복제했다.

나는 그녀가 표현했던 '우리'라는 말에 감동을 받았는데 그것은 바로 다른 사람이 아니고 그녀와 나 사이를 지칭하는 말이기 때문이었다. 그래도 반 베버르가 이런 계획을 알고 있는지 궁금해졌다. 나는 단지 단역 배우에 불과한 것인지, 그들이 내

게 기대하는 것이 일종의 강도 행위에 불과한 것인지 알고 싶었
던 것이다. 쟈클린은 이러한 나의 불안감을 눈치챘는지, 카르토
는 선한 사람이 아니므로 어쨌든 그 정도는 손해를 봐도 된다고
말해 주었다.

"가방이 무거운가요?"

나는 그녀에게 물었다.

"아니."

"택시를 타야 좋을지 지하철을 타야 좋을지 잘 몰라서요."

그녀는 내가 전혀 망설이지 않는 것에 대해 조금 놀라는 것
같았다.

"나 때문에 그런 일을 하게 해서 너를 곤란하게 하는 건 아
닐까?"

그녀는 내게 별다른 위험은 없을 거라고 안심을 시키려 했지
만, 실제로 나는 별 걱정이 되지 않았다. 사실, 어린 시절부터
나는 아버지가 많은 가방들—다시 말해, 즉 이중 바닥이 있는
가방들과 배낭 그리고 가죽가방과 심지어는 일종의 형식적인
체면을 어느 정도 세워 주던 서류가방들—을 가지고 다니시는
것을 보았다. 하지만 나는 그 내용물이 무엇인지에 대해서는 관
심이 없었다.

"당신이 시키는 일이라면 기꺼이 하겠어요."

나는 그녀에게 말했다. 그녀는 미소를 지으면서 내게 이런
제의를 하는 것은 정말 이번이 마지막이라고 덧붙이며, 고맙다
고 말했다. 나는 반 베버르가 이 계획을 알고 있다는 것에 약간
실망했지만, 그 외의 것에 관해서는 정말 아무렇지도 않았다.
나는 가방을 들고 다니는 데에 이미 익숙해져 있었다.

　문 앞 층계에서 그녀는 나에게 열쇠를 주고 작별 인사를 했다. 나는 단숨에 계단을 내려와, 임무를 수행하는 동안 카르토와 마주치지 않기를 바라면서 투르넬 다리를 향해 빠른 걸음으로 강변로를 가로질러 갔다. 지하철 안은 아직도 붐비고 있었다. 승객들 사이에 끼인 채 나는 마음을 진정시켰다. 내가 사람들의 시선을 끌게 될 위험은 없었다. 가방을 들고 돌아올 때도 역시 지하철을 타야겠다고 결정했다. 나는 아브르 코마르탱 역에서 미로 메닐로 가는 지하철을 갈아타기 위해 기다렸다. 시간은 충분했다. 쟈클린은 열 시 이전에는 호텔에 전화하지 않을 것이다. 나는 두세 대의 열차가 그냥 지나가도록 내버려두었다. 그녀는 왜 반 베버르가 아닌 나에게 이 임무를 맡긴 것일까? 그리고 그녀는 정말 내가 카르토의 가방을 찾으러 갈 거라고 그에게 말했을까? 그녀의 생각에 대해서는 결코 아무것도 정확하게 알 수 없었다.

지하철 출구를 나오면서 약간의 불안감을 느꼈지만 그 감정은 빨리 사라졌다. 간혹가다 오고가는 사람들과 마주쳤지만 건물의 창문들은 어두컴컴했다. 사무실에서 일하던 사람들이 막 퇴근했기 때문이다. 160번지 앞에서 나는 고개를 들어 건물 위를 쳐다 보았다. 5층 창문에만 유일하게 불이 켜져 있었다.

나는 실내등의 스위치를 켜지 않았다. 승강기는 천천히 올라갔고, 머리 위쪽에 달린 전구의 노란빛은 계단 옆의 벽에다가 승강기를 둘러싸고 있는 철책의 그림자를 만들고 있었다. 나는 승강기의 문을 반쯤 열어놓고 그 빛을 이용하여 자물쇠에 열쇠를 밀어넣었다. 현관에는 사무실로 들어가는 이중문이 완전히 열려 있었고, 거리의 밝은 가로등 불빛이 사무실 안을 비추고 있었다. 나는 왼쪽에 있는 치과 진료실로 들어갔다. 진료실 가운데에 자리잡은 환자용 의자는 가죽 등받이가 달려 있었고, 다리를 뻗을 수 있게끔 되어 있었다.

가로등 불빛에 의지해 나는 창문 쪽에 놓여 있는 금속 캐비닛을 열었다. 가방은 바로 그 캐비닛의 선반에 있었는데, 그것은 휴가를 받고 나온 군인들이 들고 다니는 가방처럼, 단순히 양철로 만들어진 가방이었다.

나는 가방을 집어들고 입구로 다시 돌아왔다. 치과 병원의 진찰실 맞은편에 대기실이 있었다. 스위치를 돌리자 크리스탈로 된 샹들리에에서 불빛이 흘러나왔다. 그곳에는 녹색 벨벳 천으로 만들어진 안락의자가 있었고 낮은 테이블 위에는 많은 잡지들이 쌓여 있었다. 나는 그곳을 지나 침대가 있는 작은 방으로 들어갔다. 침대 시트는 흐트러져 있었다. 나는 테이블 스탠드를 켰다.

잠옷은 베개 위에 공처럼 둘둘 말려 있었다. 선반 안 옷걸이
에는 큐자 거리에서 카르토가 입고 있던 회색 양복과 똑같은 스
타일의 양복 두 벌이 걸려 있었다. 그리고 창문 밑에는 밤색 구
두 한 켤레가 있었고, 그 구두 속에는 구두 모양이 변하지 않도
록 스트레이처가 들어 있었다. 버드나무 가지로 만든 쓰레기통
안에서 나는 쟈클린이 피우던 담배인 로얄 한 갑을 발견했다.
그녀는 지난밤 카르토와 함께 이 방에 머물면서 이 담뱃갑을 던
져 놓았을 것이다.

나는 자동적으로 침대 옆에 있는 작은 테이블 서랍을 열어보
았다. 거기에는 수면제와 아스피린이 들어 있는 약상자 그리고
오스만 거리 160번지, wagram 13-18이라는 주소와 전화번호,
치과 의사인 피에르 로베스의 이름이 적힌 명함이 들어 있었다.

가방은 열쇠로 잠겨 있었다. 나는 자물쇠를 비틀어 열어볼까
망설였다. 가방은 별로 무겁지 않았다. 그 안에는 틀림없이 은
행에서 발급한 수표가 들어 있을 것이다. 나는 옷걸이에 걸린
양복 주머니를 뒤적거려 까만 지갑을 꺼냈다. 지갑 속에는 1년
전에 피에르 카르토라는 이름으로 교부받은 신분증이 있었는
데, 거기에는 파리 오스만 거리 160번지가 주거지라고 적혀 있
었고, 생년월일은 1923년 6월 15일, 출생지는 지롱드 지방의
보르도라고 기록되어 있었다. 그렇다면 카르토는 적어도 1년
전부터 이곳에서 살아 온 것이다. 또한 이곳은 구강외과 전문의
치과 의사인 피에르 로베스라는 사람의 집이기도 했다. 그러나
경비에게 이 의문점에 대해 물어 보기에는 너무 늦은 시간이었
다. 더군다나 나는 손에 양철로 된 가방까지 들고 있었다.

나는 침대 가장자리에 앉았다. 마치 쟈클린이 이 방을 막 떠

나며 남긴 흔적과 같은 에테르 향기를 느낄 수 있었다. 그 향기는 나의 마음을 고통스럽게 했다.

　건물을 나오기 전에 나는 불이 켜져 있는 경비실 유리창을 두드리기로 마음 먹었다. 갈색 머리의 키 작은 경비는 창문을 반쯤 열고 고개를 내밀었다. 그는 나를 의심스런 눈으로 바라보았다.

　"로베스 박사를 만나고 싶은데요."

　나는 그에게 말했다.

　"로베스 박사는 지금 파리에 안 계신데요."

　"어디로 가면 그분을 만날 수 있는지 혹시 알고 계세요?"

　그는 점점 더 나를 경계하는 듯했으며 그의 눈은 내가 손에 들고 있던 양철가방을 바라보고 있었다.

　"혹시 그의 주소를 모르세요?"

　"이봐요, 젊은 친구. 무턱대고 당신에게 그의 주소를 알려줄 순 없어요. 당신이 누구인지도 모르잖아요."

　"나는 로베스 박사의 친척입니다. 군 복무중인데 며칠 동안 휴가를 받고 나왔습니다."

　내가 이렇게 자세히 말하자 그는 약간 안심하는 듯했다.

　"로베스 박사는 베우스트의 저택에 계십니다."

　그가 얘기하는 지명을 명확하게 알아들을 수가 없었으므로 나는 그 지명의 철자를 불러달라고 부탁했다. B E H O U S T.

　"죄송합니다. 전 로베스 박사가 여기에 더 이상 살지 않는 줄 알았습니다. 로베스 박사의 방에 세든 사람의 세입자 명부에 또다른 이름이 있어서요."

나는 그에게 명부를 보여주며 카르토의 이름을 가리켰다.

"그 사람은 로베스 박사와 동업을 하고 있어요."

나는 또다시 경비의 얼굴 표정에서 그가 나를 경계하고 있다는 것을 느꼈다. 그가 말했다.

"젊은 친구, 안녕히 가시오."

그리고 그는 갑자기 창문을 닫았다.

거리로 나와서 나는 생라자르 역까지 걷기로 했다. 가방은 정말 무겁지 않았다. 거리는 한산했으며, 건물 정면의 불빛은 모두 꺼져 있었고 자동차가 가끔 한 대씩 개선문 광장 방향으로 지나가고 있었다.

경비가 나의 인상 착의를 누군가에게 설명할 수 있을 것이라는 데 생각이 미치자 내가 실수했다는 것을 깨달았다. 그러나 나는 곧 아무도—카르토나 소위 그의 동업자인 유령 같은 로베스 박사 또는 160번지의 경비—나를 의심할 수 없을 거라고 생각하며 위안을 얻었다. 그래, 내가 한 짓은 바로 모르는 사람의 아파트에 들어가서 내 것이 아닌 가방을 들고 나온 것뿐이다. 이런 행위는, 만약 다른 사람이 했다면 상당한 심각성이 부여됐겠지만 나에게는 아무런 영향도 미칠 수 없었다.

곧바로 투르넬 강변로로 돌아가고 싶지 않았으므로 나는 생라자르 역의 계단을 올라 대합실로 들어갔다. 아직도 많은 사람들이 파리 근교로 나가는 기차를 타기 위해 플랫폼을 향해 가고 있었다. 나는 다리 사이에 가방을 놓고 벤치에 앉았다. 차츰차츰 나도 그들처럼 여행자나 휴가 받은 군인이 된 느낌이 들었다. 생라자르 역에서 출발하는 기차들은 파리 교외와 노르망디 지방행이었는데, 그 역은 내게 교외나 노르망디 지방보다 더 무한한 도피처처럼 여겨졌다. 카르토가 살고 있는 르 아브르 항구로 갈 수 있는 티켓을 산 후, 그 항구에서 출발하여 포르트 오세앙을 지나 어딘가로 사라져버린다면….

왜 역의 홀은 대합실(역주:Pas Perdus 직역하면 '지나쳐가는 발자국'이라는 뜻)이라고 불리는 것일까? 그것은 아마도 여기에는 단지 잠시 동안 머무르기만 하면 충분했고, 아무것도, 사람들의 발걸음조차도 중요하게 생각하지 않기 때문일 것이다. 나는 구석진 곳에 있는 간이식당까지 걸어갔다. 식당 테라스에는 휴가 나온 두 군인이 내 가방과 비슷한 가방을 가지고 있었다. 나는 하마터면 그들에게 가방을 열 수 있는 작은 열쇠를 빌려달라고 말할 뻔했다. 그러나 가방 속에는 틀림없이 수표 뭉치들이 들어 있을 텐데 옆에 있는 사람들이나 사복을 입고 다닌다는 수사관들의 눈에 띄게 될까봐 두려웠다. 나는 역에도 경찰서가 있다는 말을 들은 적이 있다. 역 구내에 경찰서가 있다는 사실은 마치 반 베버르와 쟈클린이 경찰에게 붙잡힐 위험이 따르는 모험 속으로 나를 끌어들인 듯한 느낌을 갖게 했다.

나는 간이식당 안으로 들어가 암스테르담 거리 앞으로 불쑥 튀어나온 유리창문 가까이에 놓인 테이블에 앉았다. 배가 고프지 않았기 때문에 나는 석류주스 한 잔을 주문했다. 나는 가방을 양다리 사이에 놓고 잘 보관하고 있었다. 옆 테이블에서는 한 커플이 낮은 목소리로 속삭이고 있었다. 남자는 머리카락이 갈색이었으며 30대 같이 보였고, 광대뼈까지 곰보 자국이 있었다. 그는 외투를 벗지 않고 있었다. 여자도 똑같은 갈색 머리였고, 털이 달린 가죽 외투를 입고 있었다. 그들은 막 저녁 식사를 마친 것 같았다. 여자는 쟈클린처럼 로얄 담배를 피우고 있었다. 그들이 앉아 있는 긴 의자 위에 커다랗고 까만 서류가방과, 같은 색의 가죽으로 된 여행가방이 놓여 있었다. 나는 그들이 파리에 금방 도착한 것인지 아니면 지금 파리를 떠나려 하는 것인지 생각해 보았다. 여자는 더 분명한 목소리로 말했다.

"우리가 탈 수 있는 건 다음 기차밖에 없어요."

"몇 시 차지?"

"10시 15분이에요."

"좋아."

라고 남자가 말했다.

그들은 서로 이상하게 마주보고 있었다. 10시 15분에 기차는 출발한다. 그 시각은 쟈클린이 투르넬 강변로에서 내게 전화를 하기로 약속한 시각과 비슷했다.

남자가 음식값을 지불했고, 그들은 자리에서 일어났다. 그는 까만 서류가방과 여행가방을 들고 있었다. 그들은 내 테이블 앞을 지나쳤지만 나에게 조금도 관심을 보이지 않았다.

웨이터가 내게로 와서 몸을 숙이며 물었다.

"주문하시겠어요?"

그는 메뉴를 가리켰다.

"이 메뉴는 손님들이 저녁 식사로 주문하는 특별 메뉴지요. 여기서는 간단한 요리를 주문하실 수 없어요."

"나는 지금 누굴 기다리는 중이에요."

나는 그에게 대답했다.

유리 창문을 통해 조금 전의 그들이 암스테르담 거리를 걸어가는 것이 보였다. 여자는 남자의 팔짱을 꼈다. 그들은 정확하게 거리의 약간 아래에 위치한 호텔로 들어갔다.

웨이터가 다시 내 테이블 앞에 와서 우뚝 섰다.

"손님, 지금 주문을 하셔야 해요. 더이상은 주문을 받지 않습니다."

나는 손목시계를 쳐다보았다. 8시 15분이었다. 나는 바깥의 추위 속을 돌아다니기보다는 이곳에 있는 게 낫겠다는 생각으로 정식 메뉴를 주문했다. 러시 아워는 지났다. 암스테르담 거리를 배회하던 한 쌍의 남녀는 교외로 가는 기차를 탔다.

부다페스트 광장 앞, 암스테르담 거리의 맨 끝에 있는 카페 유리창 너머로 많은 사람들이 보였다. 그 카페의 불빛은 단테 카페보다 더 노란빛이었고, 더 희미했다. 이 지역이 파리에서 하층민이 가장 많이 모여사는 동네라는 것을 알기 전까지는, 왜 사람들이 생라자르 역 근처에서 방황하는지 궁금했었다. 사람들은 그 동네의 완만하게 경사진 언덕 위로 서서히 올라갔다. 조금 전에 식당에서 보았던 그 커플도 그 언덕에서 유혹을 물리치지 못하였다. 그들은 리마 호텔처럼 검은 커튼이 있고 먼저 머물렀던 사람들이 구겨놓은 침대 시트와 지저분한 벽지로 되어 있는 방으로 들어가기 위해 기차 시간이 지나도록 내버려두었다. 침대 위에서 그녀는 털외투조차도 벗지 않았을 것이다.

나는 저녁을 먹고 나서 옆에 있는 긴 의자 위에 가방을 놓고 나이프를 들어 자물쇠 속에 그 칼 끝을 넣어보려고 했지만 자물쇠의 구멍이 너무 작았다. 자물쇠는 펜치로 잡아 뽑을 수 있을 만큼 큰 나사못으로 고정되어 있었다. 하기야 열어봐야 무슨 소용이 있을 것인가? 나는 쟈클린과 함께 투르넬 강변로에 있는 호텔방에 있게 되기만을 기다리고 있었다.

나는 쟈클린과 반 베버르에게 전혀 소식을 알리지 않고 혼자서 떠날 수도 있었다. 지금까지 내 기억 속에 유일하게 남은 좋은 추억들은 바로 도피처를 찾아 떠나던 기억들이었다. 나는 문득 작은 네모 모양으로 종이를 자르고 싶어졌다. 그랬다면 네모난 종이 한 장 한 장마다 이름과 장소를 적었을 것이다.

쟈클린
반 베버르
카르토
로베스 박사
오스만 거리 160번지, 3층
투르넬 호텔, 투르넬 강변로 65번지
리마 호텔, 생제르맹 대로 46번지
큐자 카페, 큐자 거리 22번지
단테 카페
포르즈 레조, 디에프, 바뇰 드 로른느, 앙기엥, 뤽 슈르메르, 랑그륀느르 아브르
아티몽

나는 카드 놀이에서처럼 종이들을 섞어, 그 카드들을 한 장씩 늘어놓았을 것이다. 이것이 바로 현재의 내 삶의 전부인 것

일까? 내가 알고 있는 사람들은 대략 스무 명 정도이고, 나는 이 사람들과 여러 주소들을 연결시킬 수 있는 유일한 끈과 같은 역할을 한 것일까? 그러면 나는 왜 다른 사람들이 아닌 이 사람들을 알게 되었을까? 이 사람들의 이름과 장소가 나와 어떤 공통점을 가지고 있었던 것일까?

나는 이제까지 몽상 속에 있었다. 사람들은 위험이 닥쳤을 때 이러한 몽상 속에서 순간적으로 현실을 자각하게 된다는 것을 알고 있다. 내가 이 몽상 속에서 빠져나와 테이블에서 일어난다면, 나는 이 모든 것으로부터 자유로워질 수 있고, 모든 것은 허무 속으로 사라질 것이다. 단지 양철가방과, 그 누구에게도 의미를 줄 수 없는 이름과 장소들이 알아보기 힘들게 적혀 있는 종이 조각들 몇 장만이 남게 될 것이다.

나는 다시 한산한 대합실을 가로질러 플랫폼으로 갔다. 나는 조금 전 식당에서 만났던 그 커플이 타야 했던 저녁 기차의 목적지를 커다란 게시판에서 찾아보았다. 르 아브르 항구였다. 나는 이 기차들이 어느 방향으로도 출발하지 않는다는 느낌이 들었고, 단지 사람들만이 간이식당에서부터 대합실까지, 그리고 대합실에서 상점가와 주변 거리까지 어쩔 수 없이 왔다갔다 하는 것이라는 생각이 들었다.

아직도 배회해야 할 시간이 한 시간이나 남았다. 파리 교외로 향하는 노선이 가까워지자 나는 전화박스 앞에 멈추었다. 가방을 제자리에 갖다놓기 위해 오스만 거리의 160번지로 다시 돌아가야만 할까? 그렇게 한다면 모든 것은 제자리로 돌아가고,

내 자신은 아무런 죄책감을 느끼지 않을 것이다. 전화박스 안에
서 나는 로베스 박사의 전화번호를 찾으려고 전화번호부를 자
세히 읽어보았다. 전화벨이 계속 울렸다. 아파트에는 전화 받는
사람이 아무도 없었다. 로베스 박사가 있는 베우스트로 전화를
걸어 그에게 모든 것을 고백해야 할까? 쟈클린과 카르토는 지금
쯤 어디에 있는 것일까? 수화기를 내려놓고서, 나는 가방을 계
속 보관하고 있다가 쟈클린에게 가져다주는 것이 더 낫겠다는
생각을 했다. 왜냐하면 그것이 쟈클린과의 관계를 유지할 수 있
는 유일한 방법이기 때문이었다.

나는 하릴없이 전화번호부를 뒤적거렸다. 거리에 늘어선 빌
딩들의 번지수와 그 빌딩을 사용하고 있는 임대인들의 이름을
보면서 파리의 거리가 내 눈앞에 펼쳐지는 느낌이 들었다. 나는
전화번호부에서 우연히 생라자르 역을 발견했고, 그 안에도 역
시 많은 이름들이 있다는 것에 놀랐다.

경찰서	Lab 28 42
침대 기차	Eur 44 46
로마 카페	Eur 48 30
테르미누스 호텔	Eur 36 80
수화물 운반 협동조합	Eur 36 80
가브리엘 데브리, 꽃가게,	
대합실	Lab 02 47
상점가 :	
1 베르누아	Eur 45 66
5 비둘루와 딜리 부인	Eur 42 48

제오 신발가게	Eur	44 63
뉴스 영화관	Lab	80 74
19 르네 부르주아	Eur	35 02
25 스톱 분실물 센터	Eur	45 90
25 노노 나네트	Eur	42 62
27 레코드 상점	Eur	41 43

사람들은 이런 사람들과 관계를 맺을 수 있었을까? 지금 같은 시간에 르네 부르주아라는 여자는 역 근처 어디에 있을까? 대합실 중 한 곳의 창문 너머로 낡은 밤색 외투를 입은 한 남자가 긴 의자 위에 주저앉아 신문을 외투 주머니 밖으로 내놓고 자고 있는 모습이 눈에 띄었다. 그가 베르누아라는 사람일까?

거대한 계단을 지나 나는 상점가로 들어갔다. 모든 상점들은 문이 닫혀 있었다. 암스테르담 공원 앞에서 일렬로 줄지어 기다리고 있는 택시들의 디젤 엔진 소리가 들려 왔다. 상점가는 매우 강한 빛으로 환해졌는데 나는 갑자기 전화번호부에 적혀 있던 대로 '경찰서'에서 나온 수사관들 중 한 명과 우연히 마주칠까봐 두려워지기 시작했다. 경찰은 나에게 가방을 열도록 명령할 것이며, 그러면 나는 도망을 쳐야만 할 것이다. 경찰들은 나를 쉽게 잡게 될 것이며, 나를 역의 경찰서로 끌고 갈 것이다. 그것은 너무나 어처구니없는 일이 되겠지.

나는 뉴스 영화관에 들어갔고, 매표소 앞에서 2프랑 50을 냈다. 짧은 금발 머리의 여자 안내원은 첫 번째 열을 향해 손전등을 들고 나를 안내하고자 했지만, 나는 영화관 구석에 앉고 싶었다. 뉴스는 계속 상영되고 있었고, 내가 잘 알고 있는 시끄러운 목소리의 해설자가 화면을 설명하고 있었다. 그 목소리는 25년 이상을 들어온 목소리였다. 나는 작년에 과거의 시사문제들을 몽타주로 상영했던 보나파르트 영화관에서 그 목소리를 들었던 것이다.

나는 오른쪽 의자 위에 가방을 놓았다. 내 앞에는 일곱 명의 사람들이 한 명씩 여기 저기 흩어져 앉아 있었다. 영화관 안에는 지하철 칸막이를 지날 때 느낄 수 있는 산화제 냄새가 희미하게 풍기고 있었다. 나는 이번 주에 발생한 사건들의 영상에 간신히 주의를 기울이고 있었다. 확성기 때문에 뉴스 해설자의 목소리가 흘러나오는 게 아닌지 나는 생각하고 있었다. 그 높은 목소리와 함께 영상들은 15분마다 반복해서 화면에 계속 나타났다.

뉴스는 벌써 세 번째 상영되고 있었다. 나는 시계를 보았다. 아홉 시 반이었다. 내 앞에는 이제 두 사람만이 남아 있었다. 그 두 사람은 틀림없이 졸고 있었던 것 같다. 안내원은 입구 가까운 구석에 기대어 보조의자에 앉아 있었다. 나는 얼마 후 그 보조의자가 탁 접히는 소리를 들었다. 그녀가 들고 있던 손전등 빛은 내가 앉은 좌석의 반대편에서 내 주위의 의자들을 여기저기 비추고 있었다. 또다른 것들도 비추고 있었다. 유니폼을 입은 한 젊은 남자를 안내하고 있던 그녀는 손전등을 껐고, 그들은 둘이 같이 앉았다. 나는 그들의 대화 중 몇 마디를 듣고 놀랐다. 그도 역시 르 아브르 항구로 떠나는 기차를 타야만 한다고 했다. 그리고 지금부터 15일 후에 파리로 돌아오려고 한다는 것이다. 그는 돌아오는 정확한 날짜를 그녀에게 말하기 위해서 전화를 할 것이다. 그들은 내가 있는 곳에서 아주 가까운 자리에 앉아 있었다. 그들과 나 사이에는 단지 한 열만 있을 뿐이었다. 그들은 마치 내가 그들 뒤에 앉아 있다는 사실과 내 앞에서 졸고 있는 두 사람에게는 전혀 신경을 쓰지 않는다는 것처럼 큰소리로 말했다. 그러나 잠시 후 그들은 조용해졌고, 서로 기대고 앉아 포옹을 했다.

찢어지는 듯한 해설자의 목소리는 스크린 위에 나타나는 영상들을 변함없이 계속 설명하고 있었다. 동맹 파업자들의 시위, 파리를 지나고 있는 한 외국 대통령의 행렬, 폭격…. 나는 이 해설자의 목소리가 멈추기를 정말 원했던 것 같다. 최소한의 동정심도 없이 미래에 일어날 재앙들을 설명하고 있는 그 목소리에 등골이 오싹해졌다. 이제 그 안내원은 자기 남자친구의 무릎 위에 걸터앉아 있었다. 그녀는 남자의 무릎 위에서 불규칙한 몸짓으로 움직이고 있었다. 그녀가 움직일 때마다 의자의 용수철이 삐걱거리는 소리가 들렸다. 그리고 곧이어 한숨 소리와 신음 소리가 해설자의 가느다란 목소리를 들리지 않게 하였다.

로마 광장에서 나는 아직 돈이 남아 있는지 보려고 주머니를 뒤적였다. 10프랑이 남아 있었으므로 택시를 탈 돈은 되었다. 택시를 탄다면 지하철보다 훨씬 빨리 갈 것이다. 지하철로 가면 오페라하우스 역에서 갈아타야 할 것이며, 나는 가방을 들고 지하철의 플랫폼까지 연결되는 많은 통로들을 지나가야만 할 것이다.

택시 기사는 가방을 트렁크에 넣으려고 준비하고 있었지만 나는 가방을 안고 타는 편이 더 낫겠다고 생각했다. 택시는 오페라하우스 앞의 가로수를 따라 내려갔고, 센 강변의 기슭을 따라 가고 있었다. 그날 밤 파리는 마치 내가 영원히 떠나던 고향처럼 쓸쓸했다. 투르넬 강변로에 도착하자마자 나는 방의 열쇠를 잃어버렸을까봐 불안해졌다. 그러나 열쇠는 내 레인코트 주머니에 잘 보관되어 있었다.

나는 호텔 리셉션에 있는 작은 카운터를 지나면서 3번 방을 찾는 전화가 있었는지 자정까지 그곳에서 매일 근무하는 사람에게 물어보았다. 그는 내게 없었다고 대답했지만 아직 10시 10분 전이었다. 그는 사소한 질문조차 하지 않았고, 나는 그냥 내 방으로 올라갔다. 아마 그는 반 베버르와 나 사이에 어떤 특별한 구분을 두지 않았던 것 같다. 아니면 그는 곧 문을 닫게 되는 호텔에서 오가는 모든 사람들에게 더이상 신경을 쓰고 싶지 않았을지도 모르겠다.

나는 전화를 받으라고 부르는 그의 목소리를 잘 듣기 위해서 방문을 반쯤 열어놓았다. 나는 바닥에 가방을 내려놓고 쟈클린의 침대 위에 누웠다. 에테르 향이 베개에 진하게 배어 있었다. 그녀는 또다시 에테르 향기를 맡았을까? 나중에 이 향기만 맡으면 언제나 쟈클린이 생각날까?

10시부터 나는 불안해지기 시작했다. 그녀는 전화를 하지 않을 것이다. 그리고 나는 그녀를 더이상 만나지 못할 것이다. 나는 내가 알게 된 사람들이 아무 소식도 없이 금방 사라지곤 하는 것을 자주 상상했었다. 나 역시 약속을 하고서 약속 장소에 나가지 않은 적이 있으며, 심지어는 사람들과 함께 거리를 걷다가 그들이 내게 무관심한 틈을 이용하여 빠져나온 경우도 있었고, 그 사람 곁을 떠난 경우도 있었다. 생미셸 광장에 있는 커다란 문은 내게 많은 도움이 되었다. 그 문을 넘어서기만 하면 그 뜰을 지나서 리롱델이라는 거리에 갈 수가 있었다. 그리고 나는 이중 출구가 있는 모든 건물의 이름을 작고 까만 수첩에 적어 놓았다.

계단 쪽에서 남자의 목소리가 들려왔다.

"3번 방 전화예요".

10시 15분. 시간이 벌써 그렇게 된 줄도 모르고 있었다. 그녀는 카르토를 두고 파리의 17구(역주 : 파리의 행정구역 단위. 파리는 전체 20구로 이루어져 있다.)에 슬쩍 빠져나와 있었다. 그녀는 내게 가방을 잘 가지고 왔는지 물었다. 나는 여행가방 속에 그녀의 옷을 챙겨넣어야 했고, 리마 호텔로 가서 내 소지품들도 찾아야만 했다. 그리고 나서 단테 카페에서 그녀를 기다려야 했다. 나는 투르넬 강변로를 가능한 한 빨리 떠나야 했다. 왜냐하면 그곳은 카르토가 제일 먼저 오게 될 장소였기 때문이다. 그녀는 마치 이 모든 것을 머릿속에 미리 생각해 놓은 사람처럼 아주 차분한 목소리로 말했다.

나는 벽장에서 오래 된 여행가방을 꺼냈고, 그 속에 판탈롱 두 개와 가죽재킷, 브래지어, 빨간 여름 신발 몇 켤레, 터틀넥 스웨터, 세면대 위 선반에 놓여 있던 에테르 병과 세면 도구들을 넣었다. 이제 반 베버르의 옷가지들만이 남아 있었다. 나는 호텔 관리인이 누군가가 아직 방을 쓰고 있다고 생각하도록 불을 켜놓은 채 문을 잠갔다.

반 베버르는 몇 시에 돌아올까? 그는 단테 카페에 있는 우리를 틀림없이 만날 수 있을 것이다. 그녀는 포르즈나 디에프 카지노로 전화를 했을까? 그리고 나한테 했던 것과 똑같은 얘기를 그에게 했을까?

나는 실내등의 스위치를 켜지 않은 채 계단을 내려왔다. 여행가방과 양철가방을 든 내 모습이 관리인의 주의를 끌게 될까봐 불안했다. 그는 낱말 맞추기를 하고 있는지 신문 위로 고개를 숙이고 있었다. 지나가는 나를 보지 않을 수 없었지만, 그는 고개조차도 들지 않았다.

투르넬 강변로까지 와서도 나는 그가 내 뒤에서 이렇게 소리치지 않을까 두려웠다. '이봐요, 젊은 친구. 돌아오세요. 부탁이에요.' 그리고 나는 또한 카르토의 차가 내 앞에서 멈춰설지도 모른다는 생각도 들었다. 그러나 베르나르댕 거리를 지나자마자 어느 정도 진정이 되었다. 나는 방으로 빨리 올라가 쟈클린의 가방 속에 옷가지들 몇 벌과 남아 있던 책 두 권을 챙겨넣었다. 그리고 나서 나는 방에서 내려와 계산서를 달라고 했다. 야간 경비는 내게 아무것도 묻지 않았다.

생제르맹 대로 위에 나오게 되자 나는 습관적인 홍분을 느꼈다. 언제나 도망을 칠 때면 홍분이 더욱 강하게 나를 사로잡는 것을 느끼곤 했다.

9

　나는 카페 한구석에 놓인 테이블에 앉아 있었고, 쿠션이 달린 긴 소파 위에 여행가방을 얹어놓았다. 카페 안에는 아무도 없었다. 유일하게 손님 한 명이 카운터 근처에서 스탠드에 팔을 올려놓고 있었다. 담뱃갑들을 차곡차곡 쌓아놓은 선반 위에 걸린 괘종시계 바늘은 10시 30분을 가리키고 있었다. 내 자리 옆에 놓인 전자식 당구대는 조용했다. 그 당구대가 조용하게 있는 일은 처음이었다. 이제 그녀가 곧 이곳에 도착할 것이라고 나는 확신했다.

　그녀는 카페 안으로 들어왔지만 그녀의 시선은 곧바로 나를 찾지 않았다. 그녀는 카운터에서 담배를 사 가지고 긴 소파에 앉았다. 그녀는 그 가방을 알아보고 나서 테이블 위에 팔꿈치를 올려놓고 긴 한숨을 내쉬었다.

"카르토를 떨쳐버리는 데 성공했어."

그녀와 카르토 그리고 다른 한 커플은 페레르 광장 가까이에 있는 레스토랑에서 저녁 식사를 하고 있었다. 그녀는 식사가 끝날 무렵에 그곳을 빠져나오려고 했지만 그들이 레스토랑의 테라스를 통해서 자신이 택시 정류장이나 지하철 입구로 걸어가는 것을 볼 우려가 있다고 생각해 그만두었다.

레스토랑에서 나왔을 때 그녀는 그들과 함께 차를 타야만 했다. 그들은 그곳에서부터 아주 가까운 마로니에라는 호텔 바에서 마지막으로 술 한잔을 더 마시기 위해 그녀를 데려갔다. 그녀는 그 마로니에 호텔에서 그들의 눈을 피해서 슬쩍 나왔다. 호텔 밖으로 나온 그녀는 쿠르셀 대로에 있는 카페에서 나에게 전화를 했다.

그녀는 담배에 불을 붙였고, 기침을 하기 시작했다. 그녀는 큐자 거리에 있는 카페에서 반 베버르에게 했던 것처럼 내 손 위에 자신의 손을 얹어놓았다. 그녀는 계속 심하게 기침을 했다.

나는 그녀가 피우고 있던 담배를 빼앗아 재떨이에 눌러 껐다. 그녀가 내게 말했다.

"우리 둘이서 파리를 떠나야 해. 그럴 수 있겠어?"

내가 동의한 것은 두말할 필요가 없었다. 고개를 끄덕이며 나는 그녀에게 물었다.

"당신이 가고 싶은 곳은 어디에요?"

"어느 곳이든지."

리옹 역은 아주 가까운 거리에 있었다. 식물원까지 통하는 강변로를 따라 계속 가다가 센 강을 건너면 되었다. 우리는 서로의 뜻을 헤아렸고, 이제 서로의 마음을 보여주기 위해 힘껏 용기를 발휘할 순간이 왔다.

마로니에 호텔에서 카르토는 쟈클린이 없어졌다는 것을 깨닫고 걱정을 하고 있을 것이고 반 베버르는 아마 디에프 또는 포르즈에서 아직도 도박을 하고 있을 것이다.

"제라르 반 베버르를 기다리지 않을 거예요?"

나는 그녀에게 물었다. 고개를 저으며 아니라고 했지만 그녀의 얼굴에는 경련이 일어났다. 그녀는 갑자기 울음을 터뜨리려 했다. 그녀가 나와 둘이서만 떠나기를 원한다는 건, 그것은 바로 그녀의 인생에 있어서 과거의 한때를 잊으려고 하는 것임을 나는 알아차렸다. 그리고 나 역시 지금까지 내가 겪었던 울적함과 방황의 시간들을 잊고 싶었다.

나는 또다시 그녀에게 이렇게 말하고 싶었다. 그래도 제라르를 기다려야 하지 않을까? 그러나 나는 침묵했다. V자 무늬 외투를 입은 반 베버르의 모습은 이 겨울과 함께 영원히 기억될 것이다. 그리고 여러 개의 단어들이 내 기억 속에 다시 살아날 것이다. '게임판 가운데의 숫자 5번', 그리고 회색 양복을 입은 사람… 그 회색 양복을 입은 사람은 머리카락이 갈색이었다는 것밖에 생각나지 않을 것이다. 그는 나에게 있어, 치과 의사인지 아닌지도 모르는 채 그냥 스쳐지나간 사람일 뿐이었다. 그리고 나의 부모님의 얼굴도 점점 더 희미해졌다.

나는 그녀가 내게 맡겼던 오스만 거리의 아파트 열쇠를 레인 코트 주머니에서 꺼내 테이블 위에 올려놓았다.

"이 열쇠는 어떻게 할까?"

"추억으로 간직하지."

카운터 주변에도 더이상 손님이 보이지 않았다. 우리를 둘러싸고 있는 정적 속에서 나는 네온사인에 전류가 흐르는 지지직하는 잡음을 듣고 있었다. 네온사인은 카페 테라스의 유리창에 비친 까만 밤과 대조를 이루었는데, 그 빛은 마치 장차 다가올 희망찬 봄과 여름의 태양처럼 강렬했다.

"남쪽 지방으로 내려가야 할 텐데…."

나는 이 남쪽이라는 단어를 말하면서 유쾌함을 느꼈다. 그날 저녁 네온사인 불빛 아래 한적한 카페에서 보낸 나의 인생은 아주 작은 부담조차 주지 못했다. 나에게 도피라는 행위는 아주 간단한 것이었다. 자정이 지났다. 단테 카페 주인은 문닫을 시간이 되었다는 것을 알리려고 우리가 앉아 있던 테이블 쪽으로 걸어왔다.

10

양철가방 속에서 우리는 얇은 지폐 두 묶음과 장갑 한 켤레 그리고 구강외과에 관련된 서적들과 스테이플러를 발견했다. 쟈클린은 지폐 다발이 생각보다 얇아서 실망한 듯했다.

남쪽 지방과 마요르카 섬으로 가기 전에 우리는 런던을 경유하기로 결정했다. 우리는 파리의 북부 역에 있는 수하물 보관소에 여행가방을 맡겼다.

역 구내식당에서 한 시간 이상을 더 기다리는 동안 나는 편지봉투와 우표를 샀고, 수하물 보관소에서 자신의 가방을 찾을 수 있는 티켓을 넣어 오스만 거리 160번지에 살고 있는 카르토에게 보냈다. 그리고 그 편지 속에 가까운 미래에 돈을 되돌려주겠다는 약속의 말도 덧붙였다.

11

그해 봄, 런던에 도착한 나는 성년이 되어야만 했으며, 호텔에 투숙하기 위해서는 기혼자여야 했다. 우리는 블룸스베리에서 우연히 한 하숙집을 발견했다. 하숙집 여주인은 우리를 남매로 여기는 척했다. 그래서 그 여주인은 우리에게 흡연실이나 서재로 사용되던 방을 내주었는데 그 방에는 긴 소파 세 개와 책장이 놓여 있었다. 우리는 방값을 선물로 지불한다는 조건하에 그 방에서 단지 5일 동안만 머무를 수 있었다.

마블 아치 대로에 위치한 육중한 정면을 드러내고 있는 컴버랜드의 호텔에서 우리는 처음 만나는 사람들처럼 서로에게 인사를 하는 방법으로 방 두 개를 얻는데 성공했다. 그러나 우리는 그곳에서도 역시 3일만에 떠나야 했다. 왜냐하면 호텔 직원들이 우리의 연극을 눈치챘기 때문이다.

우리는 정말 어디서 잠을 자야 할지 난감했다. 우리는 마블 아치를 지나서 하이드 파크를 따라 똑바로 걸어가 써섹스 가든에서 패딩턴 역 쪽으로 올라가는 대로로 접어들었다. 대로의 왼편으로 향한 도로에 작은 호텔들이 줄지어 서 있었다. 우리는 우연히 그 중의 한 호텔을 선택했고 그 호텔에 들어갈 수 있게 되었다. 호텔 직원이 우리에게 증명 서류조차 요구하지 않았던 것이다.

12

늦은 밤 불법 체류자처럼 우리가 숨어 살고 있는, 그리고 언제 주인이 나가라고 할지도 모르는 그 호텔방으로 다시 들어가야 할 시간이 다가오면, 우리는 늘 회의를 느끼곤 했다.

호텔 입구에 들어서기 전에 우리는 써섹스 가든을 따라서 초조하게 서성거렸다. 우리는 둘 다 파리로 다시 돌아가고 싶은 마음은 조금도 없었다. 이제 우리는 투르넬 강변로와 라틴 대학가 근처에서는 살 수가 없었다. 물론 파리는 거대한 도시라서 제라르 반 베버르와 카르토를 만날 위험이 없는 곳으로 이사를 할 수도 있을 것이다. 그러나 이제는 과거에 미련을 두지 않는 것이 더 낫다.

우리가 린다와 피터 레이크맨, 마이클 싸분드라와 알게 되기까지는 시간이 얼마나 흘렀을까? 아마 15일 정도였을 것이다.

그 기나긴 15일 동안 비는 계속 내렸다. 우리는 벽지 군데군데에 곰팡이가 슨 방에서 빠져나오려고 영화관에 가곤 했다. 그리고 나서 거리를 거닐곤 했는데, 우리는 언제나 옥스퍼드 대로를 따라서 걸었다. 그러다 보면 우리가 영국에서 첫날밤을 보냈던 하숙집이 있는 블룸스베리의 거리에 도착했다. 그곳에서 우리는 다시 방향을 바꿔 옥스퍼드 대로를 거슬러 내려갔다.

우리는 가능하면 늦게 호텔로 돌아가려고 애를 썼다. 그러나 비를 맞으며 계속 거리를 걸어다닐 수는 없었다. 우리는 영화 한 편을 더 보거나, 아니면 백화점이나 카페에 들어가는 방법을 터득해야 했다. 그러나 그후에는 써섹스 가든으로 되돌아가지 않을 수 없었다.

우리가 멀리 템즈 강 건너편까지 돌아다녔던 어느 늦은 오후, 나는 공포가 엄습하는 것을 느꼈다. 그때는 러시 아워여서 런던 교외에 사는 많은 사람들이 역 쪽으로 향하고 있었으며 워털루 다리를 건너고 있었다. 우리는 다리에서 사람들이 걸어가는 반대 방향으로 걷고 있었기 때문에 우리들이 흐름을 거슬러 인파에 휩쓸리지나 않을지 두려웠다. 그러나 우리는 불안 속에서 헤쳐나올 수 있었고, 마침내 트라팔가 광장에 있는 벤치에 나란히 앉게 되었다. 걸어오는 동안 우리는 한마디의 말도 주고받지 않았다.

"어디 몸이 불편해? 안색이 몹시 창백한데."

쟈클린이 물었다.

그녀가 내게 지어보이는 미소에서 그녀 스스로 침착함을 유지하려고 노력하고 있다는 것이 느껴졌다. 다시 옥스퍼드 대로를 오고가는 군중 속을 헤치며 호텔로 돌아가야 한다는 생각이 나를 짓눌렀다. 나는 그녀도 나와 같은 불안을 느끼고 있는지에 대해 감히 묻지 못했다. 대신 다른 말만 했다.

"런던은 굉장히 거대한 도시라고 생각하지 않아?"

나도 역시 그녀처럼 미소를 지으려고 했다. 그러나 그녀는 미간을 찌푸리며 나를 응시했다.

"런던은 아주 큰 도시지만 우리가 아는 사람이라곤 아무도 없으니…."

나는 목소리를 낼 수 없었다. 더이상 한마디의 말도 할 수 없었다.

쟈클린은 담배 한 개비를 물고 불을 붙였다. 그녀는 너무 얇은 가죽재킷을 입고 있어서, 파리에서처럼 잠시 기침을 했다. 내가 거닐던 투르넬 강변로, 오스만 거리, 생라자르 역이 눈앞에 아른거렸다.

"파리에서 우리는 안정된 생활을 했었는데…."

그러나 내가 너무 작은 목소리로 소곤거리듯 말했기 때문에 쟈클린은 내 말을 잘 이해하지 못한 듯했다. 그녀는 혼자 생각에 잠긴 채, 내가 앞에 있는 것조차 잊어버린 듯했다. 그때 한 여인이 우리가 앉은 자리 앞의 붉은 공중전화박스에서 막 나오고 있었다.

"우리가 전화를 걸 만한 사람 하나 없는 게 아쉬워."

나는 그녀에게 말했다.

쟈클린이 내 쪽으로 몸을 돌려 팔에 손을 얹었다. 조금 전 트라팔가 광장까지 오기 위해 스트랜드 거리를 걸으며 틀림없이 느꼈을 실망을 그녀는 극복했던 것이다.

"돈이 조금만 있으면 마요르카 섬에 갈 수 있을텐데."

내가 그녀를 알게 되고 편지봉투에 적힌 주소를 보았던 때 이래로, 그곳은 그녀의 유일한 집착이었다.

"마요르카 섬에 가면 우리의 근심은 완전히 사라지고, 너도 쓰고 싶은 책들을 쓰는 데 몰두할 수 있을 거야."

나는 언젠가 그녀에게 장차 훌륭한 책을 쓰고 싶다고 얘기했던 적이 있지만, 그 후 다시는 입에 올리지 않았다. 그녀는 아마도 나를 안심시키기 위해 그 얘기를 꺼냈을 것이다. 확실히 그녀가 나보다는 훨씬 더 침착했다.

그러나 나는 그녀가 어떤 방법으로 경비를 마련할 작정인지 궁금했다.

내 물음에 그녀는 당황하지 않은 채 대답했다.

"경비를 마련하는 건 오로지 이 도시에서만 가능해. 만약 우리가 한적한 시골의 외딴 구석에 처박혀 있다고 상상해봐."

그렇다. 그녀 생각이 옳았다. 갑자기 트라팔가 광장이 나에게 더 큰 위안이 되는듯 보였다. 나는 분수대에서 물이 흘러내리는 것을 바라보고 있었고, 이것은 내 마음을 진정시켰다. 우리는 이 도시에 남아 옥스퍼드 대로의 군중 속에서 허우적거리며 살도록 강요당하고 있는 것이 아니었다. 우리에게는 마요르카 섬에 가기 위해 돈을 마련한다는 아주 간단한 목표가 있었다. 그것은 이를테면 반 베버르가 도박에서 잃은 돈을 갑절로 거는 것과 같은 이치였다. 우리를 둘러싸고 있는 수많은 길과 교차로만큼이나 우리의 기회도 많아지고, 마침내 우리는 행운의 기회를 포착하기에 이를 것이다.

그 후 우리는 옥스퍼드 대로와 중심가로는 다니지 않고, 언제나 서쪽 홀랜드 파크 주변과 켄싱턴 지역 방향으로 산책을 했다.

　　어느 날 오후, 우리는 홀랜드 파크의 지하철역에서 나란히 얼굴을 대고 자동속성사진을 찍었다. 나는 이 기념사진을 간직하고 있는데, 쟈클린의 얼굴은 사진의 앞부분을 차지하고, 내 얼굴은 그보다 약간 뒤로 밀려서 사진의 가장자리에 있는 내 왼쪽 귀는 아예 잘려나가 보이지 않았다. 그녀가 내 무릎 위에 계속 앉아 있으려 했기 때문에, 우리는 사진을 찍고 나서 마차가 들어갈 만큼 큰 대문이 있는 화려한 저택들을 따라 홀랜드 파크에 인접한 대로를 마냥 거닐었다. 런던에 도착한 이후 처음 햇빛을 구경한 그날 오후부터, 날씨는 이른 여름날처럼 계속해서 화창하고 더웠던 것 같다.

13

　노팅힐 게이트에 있는 카페에서 점심 식사를 하던 날 우리는 린다 자콥슨과 알게 되었다. 그녀가 먼저 우리에게 다가와 말을 걸었다. 우리 나이 또래인 그녀는 갈색 머리를 길게 늘어뜨렸고, 광대뼈가 튀어나온 얼굴에, 눈꼬리가 약간 올라간 푸른 눈을 지니고 있었다.

　그녀는 우리가 프랑스의 어느 지방에서 왔는지 알고 싶어했다. 그녀는 단어 한마디마다 망설이는 것처럼 천천히 말했기 때문에 영어로 대화를 이어 가기가 수월했다. 그녀는 우리가 써섹스 가든에 있는 수상쩍은 호텔들 중 한 곳에 머물고 있다는 것에 놀라는 듯했다. 그래서 우리는 우리 둘 다 미성년자이기 때문에 다른 방도를 찾을 수 없었다는 것을 그녀에게 설명했다.

　그 다음날 우리는 같은 카페에서 린다를 다시 만났으며 그녀는 우리 테이블에 합석했다. 그녀는 우리에게 런던에 오랫동안 머물 것인지 물었다. 나는 쟈클린이 런던에 몇 달 더 머무르면서 일자리까지 구할 계획이라고 말했기 때문에 깜짝 놀랐다.

"그렇다면 당신들은 그 호텔에 계속 머물 수 없을 텐데요."

그렇잖아도 우리는 매일 밤 방에서 풍기는 냄새 때문에 그 호텔을 떠나고 싶었다. 그 퀴퀴한 냄새는 하수구에서 나는 것인지 또는 부엌에서 나는 것인지 찌든 양탄자에서 나는 것인지 알 수 없었다. 아침마다 우리는 옷에 스며든 냄새를 털어버리기 위해서 하이드 파크에서 오랫동안 산책을 하곤 했다. 그러고 나면 잠깐 동안은 사라진 듯도 했지만 여전히 우리 옷에서는 하루종일 그 냄새가 떠나지 않고 배어 나왔다.

"아직도 냄새가 나는 것 같아?"

쟈클린에게 말하면서 나는 그 냄새가 평생 동안 우리를 따라다닐 것이라는 생각에 의기소침해졌다.

"호텔에서 풍기는 냄새는 정말 참기 힘들어요."

쟈클린은 린다에게 불어로 말했다. 나는 그녀가 한 말을 간신히 영어로 통역해야만 했다. 다행히 린다는 그 말을 이해했다. 린다는 우리에게 돈이 남아 있는지 물었다. 여행가방 안에 들어 있던 얄팍한 지폐 두 묶음 중 하나만이 남아 있었다.

"별로 많지는 않아요."

라고 내가 대답을 했다.

그 말에 린다는 우리를 각각 번갈아가며 쳐다보았다. 그녀는 미소를 짓고 있었다. 나는 이렇게 말할 때마다 사람들이 우리에게 동정심을 나타내 보이는 것에 놀라곤 했다. 아주 오랜 시간이 흐른 후 나는 쟈클린과 함께 홀랜드 파크에서 찍은 자동속성

사진을 오래된 편지들이 담겨 있던 구두상자 속에서 우연히 찾아냈는데, 그것을 보며 우리들의 얼굴 표정 속에 나타난 순진함에 새삼 놀랐다. 우리는 사람들의 믿음을 불러 일으키고 있었다. 그것은 단지 우리가 젊었기 때문이며, 그 외에 우리는 남의 신용을 살 만한 어떤 장점도 지니지 못했다.

젊음이 인생의 아주 짧은 기간동안 모든 이들에게 부여하는 이 장점은 결코 지켜지지 못할 막연한 맹세같은 것이리라.

"당신들을 도와줄 만한 친구를 알고 있어요. 내일 당신들에게 그 친구를 소개할게요."

린다는 그 카페에서 자주 그 친구와 만나곤 했었다. 린다는 카페에서 아주 가까운 곳에 살고 있었으며, 그녀의 친구는 쟈클린과 내가 자주 가던 두 영화관이 있는 거리인 웨스트본 그로브에서 약간 위쪽으로 올라간 곳에 사무실을 갖고 있었다. 우리는 어떻게든 호텔에 늦게 돌아가려고 심야상영 영화를 보러 그곳에 있는 영화관에 가곤 했다. 그래서 그곳에서 밤마다 똑같은 영화를 보는 것이 우리에겐 별로 중요하지 않았다.

14

　그 다음날 정오쯤 피터 레이크맨이 카페에 들어왔을 때 우리
는 린다와 함께 있었다. 그는 우리에게 인사도 하지 않은 채 우
리 테이블에 와서 앉았다. 그는 시가를 피우고 있었는데 양복
상의 위에 담뱃재가 떨어졌다.

　나는 그를 보고 몹시 놀랐다. 그는 좀 늙어보였지만 아직 마
흔 살도 넘지 않았다. 그는 중간키에 몸집이 약간 통통한 대머
리였으며, 둥근 얼굴에는 거북테 안경을 쓰고 있었다. 어린아이
처럼 작은 그의 손은 어깨가 떡 벌어진 늠름한 체격과 대조를
이루었다.

　린다는 아주 빠른 말투로 우리의 입장을 그에게 설명했으므
로 나는 그녀의 말을 잘 이해할 수는 없었다. 그는 주름잡힌 작
은 눈으로 쟈클린을 응시하고 있었다. 가끔씩 그는 신경질적으

로 린다의 얼굴에 시가 연기를 내뿜었다.

린다는 말이 없었고, 레이크맨은 쟈클린과 나에게 미소를 보냈다. 그러나 그의 눈빛은 여전히 차가웠다. 그는 나에게 써섹스 가든에서 머물고 있는 호텔 이름을 물었다. 나는 래드노 호텔이라고 대답했다. 그는 순간 짧은 웃음을 터뜨렸다.

"그렇다면 방값을 계산할 필요가 없겠군. 내가 바로 그 호텔 주인이지. 관리인에게 내가 당신들에게 무료로 숙박하라고 했다고 전하도록 해요."

그는 쟈클린을 향해 몸을 돌렸다.

"어떻게 이처럼 아름다운 여인이 래드노 호텔에서 머문다는 것이 가능할 수 있을까?"

그는 사교적인 말투로 말하려고 애썼지만 스스로도 자신의 말에 웃음을 터뜨렸다.

"당신은 호텔 경영업에 종사하시나요?"

그는 나의 질문에 대답하지 않고 또 한 번 린다 얼굴에 시가 연기를 내뿜었다. 그는 어깨를 으쓱거렸다.

"Don't worry. (걱정 마.)"

그는 이 말을 수십 번 반복했는데, 때로는 혼잣말처럼 내뱉기도 했다.

그는 전화를 걸려고 자리에서 일어났다. 우리가 약간 당황하고 있다는 것을 느낀 린다는 몇 가지 설명을 하고자 했다. 그녀의 말에 따르면 피터 레이크맨은 빌딩 매매업에 종사하고 있었다. 빌딩이라는 말은 사실 너무 거창한 표현이긴 했다. 왜냐하면 그가 취급하는 것은 대부분 런던 교외에 위치한 낡은 집들과 빈민굴로서 대부분 베이스 워터 구역과 노팅힐 구역에 위치하고 있었기 때문이다. 린다는 그가 하는 일을 잘 알고 있지 못했다. 그녀는 거친 겉모습과는 달리 그가 상당히 멋있는 사람이라는 사실을 우리에게 주지 시키려 했다.

레이크맨이 타고 온 재규어는 조금 멀리 떨어진 곳에 주차되어 있었다. 린다는 앞좌석에 올라탔고, 우리쪽으로 몸을 돌리며 말했다.

"피터가 당신들에게 다른 곳을 소개해주기 전까지 내 집에 와서 살아도 돼요."

우리들은 그의 차를 타고 켄싱턴 가든을 따라 드라이브를 했다. 그리고 나서 써섹스 가든으로 접어들어 래드노 호텔 앞에 멈추었다.

"짐을 챙겨 내려오지. 방값은 계산하지 말고…."

그가 우리에게 말했다. 호텔 프런트에는 아무도 없었다. 나는 호텔방 열쇠를 직접 찾았다. 우리는 그동안 이곳에 머물면서도 짐을 풀지 않았기 때문에 옷들은 여행가방 두 개에 그대로 들어 있었다. 나는 가방을 들었고, 우리는 곧바로 다시 내려왔다. 레이크맨은 입에 시가를 물고 양복 주머니에 손을 넣은 채 호텔 앞에서 서성거리고 있었다.

"래드노 호텔을 떠나게 되어 기쁜가?"

그는 자동차의 트렁크를 열었고, 나는 그 속에 여행가방 두 개를 넣었다. 시동을 걸기 전에 그는 린다에게 말했다.

"나는 리도에 잠시 들러야 돼. 그 후에 이 사람들을 데려다 주지."

나는 그때까지 호텔의 그 퀴퀴한 냄새를 맡고 있었고, 얼마나 더 지나야 그 냄새가 우리의 삶에서 완전히 사라지게 될 것

인지를 생각했다.

　리도는 서펜타인 호숫가에 있는 하이드 파크의 수영장이었다. 레이크맨은 매표소에서 입장권 네 장을 샀다.

　"참, 신기한 일이군. 이 수영장은 프랑스의 델리뉘 수영장과 거의 똑같아."

　그가 쟈클린에게 말했다. 수영장 입구를 지나자 강변 백사장이 나타났으며, 그 가장자리를 따라 파라솔이 갖추어진 테이블이 몇 개 놓여 있었다. 레이크맨은 그늘에 있는 테이블을 선택했다. 그는 언제나 입에 시가를 물고 있었다. 우리는 자리에 앉았다. 그는 이마와 목에 흐르는 땀을 크고 흰 손수건으로 닦아내고 있었다. 그는 쟈클린을 향해 몸을 돌렸다.

　"수영을 하고 싶으면 해요."

　"수영복이 없는 걸요."

　쟈클린이 말했다.

　"수영복은 구할 수 있어…. 당신에게 수영복을 갖다주라고 하지."

　"그럴 필요 없어요. 그녀는 수영하고 싶은 마음이 없어요."

　린다는 퉁명스러운 목소리로 말했다.

　당황한 레이크맨은 계속 이마와 목의 땀을 닦아내고 있었다.

　"시원한 음료나 마실까?"

　그는 이렇게 제의하고선 린다에게 말했다.

　"난 여기서 싸분드라와 약속이 있어."

　그 이름은 내게 이국적으로 느껴졌고 나는 사리(역주 : 인도 여자들이 입는 옷)를 입은 인도 여인이 우리 테이블로 다가오는 것을 보게 되리라 기대하고 있었다.

그러나 그 이름의 주인공은 금발의 30대 남자로, 그는 우리가 있는 쪽을 향해 손을 흔들며 와서는 레이크맨의 어깨를 쳤다. 그 남자는 쟈클린과 내게 직접 자신을 소개했다.

"마이클 싸분드라라고 합니다."

린다는 그에게 우리가 프랑스 사람이라고 말했다. 마이클은 옆 테이블의 의자를 하나 더 가져와서 레이크맨 옆에 앉았다.

"그래, 무슨 새로운 일이 있나?"

레이크맨은 차가운 시선으로 그를 응시하며 물었다.

"아직 영화 시나리오 작업중이에요. 잘되겠지요."

"그럼, 당신 말대로 잘될 거야."

레이크맨은 멸시하는 투로 말했다. 싸분드라는 팔짱을 끼고 쟈클린과 나를 오랫동안 바라보았다.

"당신들은 런던에 온 지 오래됐나요?"

그는 우리에게 불어로 물었다.

"3주 전부터 이곳에 있었어요."

내가 대답했다. 마이클은 쟈클린에게 관심을 보이는 듯했다.

"나는 파리에서 잠시 동안 살았던 적이 있어요. 센 거리에 위치한 루이지안 호텔에 머물렀는데…. 파리에서 영화를 찍어보려고 했었지요…."

그는 더듬거리며 불어로 말했다.

"불행하게도 그 영화는 잘되지 못했지."

레이크맨은 마이클을 무시하는 투로 말 했는데, 나는 그가 불어를 알고 있다는 것에 놀랐다.

잠시 침묵이 흘렀다.

"그러나 이번 영화는 잘될 것이라고 확신해요. 피터, 그렇게 생각하죠?"

린다가 말했다. 레이크맨은 어깨를 으쓱거릴 뿐 대답하지 않았다. 어색해진 싸분드라는 쟈클린에게 또다시 불어로 물었다.

"당신은 파리에 사나요?"

"예. 당신이 머물렀던 루이지안 호텔에서 그리 멀지 않은 곳에 살았어요."

나는 쟈클린에게 대답할 시간을 주지 않은 채 대답해 버렸다. 쟈클린과 나의 눈이 마주쳤다. 그녀는 나에게 눈짓을 보냈다. 갑자기 나는 파리의 루이지안 호텔 앞으로 달려가고 싶은 욕망을 느꼈고, 센 강변으로 돌아가고 싶었으며, 투르넬 강변로까지 줄지어 늘어선 헌책방들을 따라 거닐고 싶은 충동을 느꼈다. 왜 갑자기 파리가 그리워지는 것일까?

레이크맨은 싸분드라에게 질문을 했고, 싸분드라는 그 질문에 장황하게 대답했다. 린다도 그들의 대화에 끼어들었다. 그러나 나는 더이상 그들의 대화를 이해하려고 애쓰지 않았다. 쟈클린 역시 그들의 말에 아무런 관심도 기울이지 않고 있었다. 우리는 오후 그맘때쯤이면 졸음을 느끼곤 했다. 왜냐하면 래드노 호텔에서는 너댓 시간 정도밖에 잠을 자지 못한 채 아침 일찍 나갔다가 가능한 한 저녁 늦게 호텔로 돌아가곤 했기 때문이다. 대신 우리는 하이드 파크의 잔디밭에서 낮잠을 잤다.

그들은 계속 대화를 주고받고 있었다. 가끔씩 쟈클린은 눈을 감았고, 나도 잠이 들까봐 두려웠다. 그래서 우리는 둘 중 한 명이 졸려고 하면 테이블 밑으로 서로의 발을 살짝 치곤 했다.

그러나 나는 순간적으로 깜박 졸고 말았다. 그들이 소곤거리며 나누는 대화 소리에, 해수욕장에서 들려오는 웃음소리와 고함 소리, 풍덩 하고 물 속에 빠지는 소리가 함께 섞여 들려왔다. 우리는 어디에 있는 것일까? 프랑스의 마른는 강변일까, 아니면 앙기엥의 호숫가일까? 이 리도 수영장은 프랑스의 쉔느비에르에 있는 수영장과 비슷하며 라봐렌느에 있는 스포츠클럽과도 흡사하다. 이곳이 프랑스라면 오늘 저녁 쟈클린과 나는 벵센느(역주 : 파리의 근교 도시)선 열차를 타고 파리로 다시 돌아갈텐데….

그때 누군가가 나의 어깨를 세게 쳤다. 레이크맨이었다.

"피곤하세요?"

내 앞에 앉아 있던 쟈클린은 눈을 크게 뜨려고 애를 썼다.

"당신들은 아마 그 호텔에서 잠을 푹 자지 못했을 거요."

레이크맨이 말했다.

"어느 호텔에서 묵었는데요?"

싸분드라는 여전히 우리에게 불어로 말했다.

"파리의 루이지안 호텔보다 더 형편없는 호텔이었어요."

나는 그에게 대답했다.

"그런데 다행히도 내가 이들을 만나게 되었지요. 이젠 우리 집에 머물기로 했어요."

린다가 내 말에 덧붙이듯 말했다.

나는 왜 그들이 우리에게 그토록 호의를 베푸는지 알고 싶었다. 싸분드라의 시선은 항상 쟈클린에게 고정되어 있었지만, 쟈클린은 그의 시선을 느끼지 못하고 있었든지 아니면 일부러 알아차리지 못한 척하고 있었다. 나는 그가 미국의 한 영화배우와

닮았다는 생각이 들었고 그 배우의 이름을 생각해 내려고 했다. 맞아. 그 배우의 이름은 죠셉 코튼이었어.

"곧 알게 되겠지만 당신들은 우리집에서 편히 지내게 될 거예요."

라고 린다가 말했다.

"어쨌든 아파트가 부족한 건 아니에요. 나도 다음주부터 당신들이 지낼 만한 아파트를 마련해 드릴 수 있어요."

싸분드라는 호기심이 가득찬 시선으로 우리를 관찰했다. 그리곤 쟈클린을 향해 몸을 돌려 영어로 물었다.

"당신들은 남매인가요?"

"마이클, 괜히 딴 생각 하지 마세요. 이들은 부부예요."

린다가 냉정한 목소리로 말했다.

싸분드라는 리도 수영장 출구에서 우리와 헤어지면서 악수를 했다.

"조만간 다시 여러분을 만나기를 바래요."

그는 불어로 이렇게 말하고 나서 레이크맨에게 자신이 쓴 시나리오를 읽었는지 물었다.

"아직 안 읽었어. 시간이 좀 필요할 것 같은데. 내 불어 실력은 겨우 읽는 정도니까."

그는 특유의 짧은 웃음을 터뜨렸지만, 거북테 안경 속의 눈은 여전히 차가웠다.

멋쩍음을 떨치려고 싸분드라는 쟈클린과 내게 말을 건넸다.

"당신들이 내 시나리오를 읽어준다면 매우 기쁠 것 같군요.

파리를 배경으로 한 장면들이 나오는데 당신들이 잘못 표현된 불어를 고쳐줄 수 있을 거예요."

"그것 참 좋은 생각이군. 이분들이 당신 시나리오를 읽게 된다면…. 내게 줄거리를 요약해 줄 수도 있겠고."

레이크맨이 말했다.

싸분드라는 하이드 파크의 오솔길을 따라 혼자 멀리 걸어갔고 우리는 다시 레이크맨의 자동차 뒷좌석에 앉았다.

"그의 시나리오는 어때요? 괜찮은가요?"

나는 혼잣말처럼 중얼거렸다.

"오, 그래요. 나는 그 시나리오가 매우 훌륭하다고 믿어요."

린다가 이렇게 말하자 레이크맨이 바로 그 뒤를 이었다.

"당신이 원한다면 그 시나리오를 지금 당장 읽을 수도 있지. 좌석 밑에 떨어져 있거든."

그의 말대로 쿠션이 있는 뒷좌석 아래에 베이지색 서류가 있었다. 나는 그것을 주워 무릎 위에 올려 놓았다.

"그는 내가 영화를 만드는 데에 3만 파운드를 지원해 줄 거라고 기대하고 있어. 그건 내가 결코 읽지 않게 될 시나리오 한 편을 위해선 너무 큰 돈이지."

레이크맨이 말했다.

우리는 써섹스 가든 구역으로 다시 돌아왔다. 나는 레이크맨이 우리를 호텔로 다시 데려갈까봐 겁이 났고, 호텔방과 복도에서 풍기던 고리타분한 냄새가 또다시 살아나는 것처럼 느껴졌다. 그러나 레이크맨은 노팅힐을 향해서 계속 달리고 있었다. 그는 영화관들이 줄지어 있는 번화가 쪽으로 가기 위해 우회전했고, 큰 대문이 있는 하얀 저택과 나무가 울창하게 줄지어 늘어선 넓은 길로 들어섰다. 그는 그 중의 한 저택 앞에서 차를 멈추었다.

우리는 린다와 함께 차에서 내렸고 레이크맨은 운전석에 남아 있었다. 나는 차 트렁크에서 여행가방 두 개를 집어들었고, 린다는 멋있는 철문을 열었다. 린다는 우리보다 앞서 아주 가파른 계단을 올라갔다. 층계참에는 문이 두 개 있었는데 린다는 그 중 왼쪽문을 열었다. 그 방은 벽이 흰색으로 칠해져 있었고 창문은 거리를 향해 나 있었다. 가구는 하나도 없고 바닥에는 커다란 매트리스 하나만이 놓여 있었다. 옆방은 욕실이었다.

"지낼만 할 거예요."

린다는 말했다. 나는 창문으로 레이크맨의 까만 자동차가 햇볕 속에 반짝이는 것을 바라보았다.

"당신은 정말 친절하시군요."

"천만에요. 다 피터 덕분이지요. 이 집은 그의 집이에요. 그는 수많은 저택들을 소유하고 있어요."

그녀는 우리에게 자신의 방을 보여주고 싶어했다. 그녀의 방으로 가기 위해서는 같은 층의 다른 문을 통과하면 되었다. 침대와 바닥 위에는 옷가지들과 레코드판이 여기저기 흩어져 있었다. 그곳에서도 래드노 호텔에서 풍기던 것만큼이나 짙은 냄새가 나고 있었는데 그 냄새는 호텔의 그것보다는 훨씬 부드러웠다. 그것은 바로 인도산 대마초 향기였다.

"신경 쓰지 마세요. 제 방은 늘상 정돈이 안 돼 있어요."

린다가 말했다.

레이크맨이 차에서 내려 대문 앞에 서 있었다. 또다시 그는 하얀 손수건으로 이마와 목에 흐르는 땀을 닦아내고 있었다.

"용돈이 필요한가?"

그렇게 말하며 그는 하늘색 봉투를 우리에게 내밀었다. 나는 용돈은 필요 없다고 말하려 했지만 쟈클린은 조금도 스스럼없이 그것을 받았다.

"당신에게 깊이 감사드려요. 가능한 한 빨리 신세진 빚을 갚아드릴게요."

라고 자연스러운 듯이 그녀는 말했다.

"그렇게 해요. 이자까지 합해서. 어쨌거나 당신은 내게 현물로 갚겠지."

그는 참지 못하고 웃음을 터뜨렸다. 린다는 나에게 작은 열쇠 꾸러미를 주었다.

"자, 하나는 대문 열쇠고 또 하나는 방 열쇠예요."

그들은 차에 올라탔다. 레이크맨이 시동을 걸기 전에 린다는 자동차 창문을 아래로 내렸다.

"집주소를 적어줄게요. 만약 당신들이 길을 잃어버리면 안되니까."

그녀는 하늘색 봉투에 주소를 적었다.

체프스토우 빌라 22번지.

방으로 돌아와서 쟈클린은 봉투를 뜯었다. 봉투 안에는 2백 파운드가 들어 있었다.

"이 돈을 받지 말아야 했어."

내가 그녀에게 말했다.

"아니야. 우리가 마요르카 섬으로 떠나기 위해선 이 돈이 필요해."

그녀는 내가 자신의 말에 동의하지 않고 있다는 것을 깨닫고 덧붙여 말했다.

"마요르카 섬에 집을 마련하려면 대략 2천 프랑이 필요해. 일단 그곳에 도착하면 우리는 사람들의 도움 없이도 살 수 있을 거야."

그녀는 욕실에 들어갔다. 나는 욕조에 물이 쏟아지는 소리를 들었다.

"참 기분이 좋아. 목욕하는 게 얼마만인지 모르겠어."

나는 매트리스 위에 누웠지만 잠들지 않으려고 애를 썼다. 쟈클린은 목욕을 하면서 내게 말했다.

"목욕하는 기분이 얼마나 상쾌한지 너도 알게 될 거야. 따뜻한 물이 너무 좋아."

래드노 호텔에 있을 때 우리 방에 있던 세면대에는 찬물만 가느다랗게 흘러내렸다.

하늘색 봉투는 매트리스 위에 놓여 있었다. 불안감을 떨쳐버리려고 했던 나는 나른한 무기력함에 사로잡혔다.

저녁 일곱 시쯤에 우리는 린다의 방에서 들려오는 자메이카 음악 소리에 잠이 깼다. 우리는 계단을 내려가기 전에 린다의 방문을 노크했다. 그곳에서 대마초 향기가 풍겨나왔다.

그녀는 한참만에 문을 열었다. 그녀는 빨간색 가운을 입은 채 문틈 사이로 얼굴을 내밀며 말했다.

"미안해요. 혼자가 아니거든요."

"우리는 단지 당신이 유쾌한 저녁 시간을 보냈으면 해서 들렀어요."

쟈클린이 말했다.

린다는 잠시 망설이고 나서 말했다.

"당신들은 믿어도 되겠죠? 피터를 만나게 되면 내가 다른 사람을 부른 사실을 그에게 말해선 안돼요. 피터는 굉장히 질투심이 강하거든요. 지난번에도 갑자기 와서는 모든 것을 부숴버릴 뻔했고, 창문으로 나를 던질 뻔했어요."

"그러면 오늘 저녁에 그가 오나요?"

내가 물었다.

"이틀 동안은 여기에 오지 않을 거예요. 블랙풀의 해변에 있는 오래된 건물을 사러 갔어요."

"그 사람은 왜 우리에게 그렇게 친절한 거죠?"

쟈클린이 물었다.

"피터는 젊은이들과 어울리는 것을 매우 좋아해요. 그는 자기와 비슷한 또래의 사람들과는 만나지 않아요. 젊은 사람들만 만나지요."

한 남자가 린다를 부르고 있었는데, 그 목소리는 음악 소리 때문에 거의 들리지 않았다.

"죄송해요. 잠시만 기다리세요. 그리고 내 집처럼 편안하게 지내세요."

그녀는 미소를 지으며 문을 닫았다. 음악 소리는 더 크게 울렸고, 우리가 집에서 한참 멀어졌을 때도 음악 소리는 여전히 들렸다.

"레이크맨은 어쨌든 좀 이상한 사람 같아."

나는 쟈클린에게 말했다. 그녀는 어깨를 으쓱거렸다.

"나는 그 사람이 두렵지 않아."

그녀는 그런 스타일의 사람들을 많이 만나보았다는 듯이 레이크맨이 우리에게 해를 끼칠 만한 사람은 아니라고 판단했다.

"어쨌든 그는 젊은이들을 좋아한다니…."

슬픈 어조로 말했는데, 내 말이 쟈클린을 웃게 만들었다.

어느새 저녁이 되었다. 그녀는 나의 팔짱을 끼었고, 나는 더 이상 스스로 문제를 제기하려고 하지 않았으며 미래에 대해 걱정하고 싶지도 않았다.

우리는 시골길처럼 작고 조용한 길들을 가로질러 켄싱턴을 향해 걷고 있었다. 택시가 지나갔고, 쟈클린은 택시를 부르려고 손을 들었다. 어느 날 산책을 하던 중에 우리가 부자가 되면 저녁 식사를 하겠다고 점찍어 놓은 나이트 브리지 옆쪽에 위치한 이탈리아 레스토랑의 주소를 그녀는 택시기사에게 알려주었다.

집으로 돌아왔을 때 집안 전체가 조용했으며 린다의 방에서는 더이상 희미한 불빛조차 새어나오지 않았다. 창문을 반쯤 열었다. 길은 쥐죽은 듯이 고요했다. 우리 맞은편에는 텅빈 공중전화박스가 나뭇잎 아래 환하게 불이 켜진 채 서 있었다.

어쩐지 우리가 이 집에서 오래 전부터 살았던 것 같은 느낌이 들었다. 나는 방바닥에 내버려둔 마이클 싸분드라의 시나리오를 읽기 시작했다. 시나리오 제목은 《블랙풀 선데이(Black-pool Sunday)》였다. 스무 살짜리 주인공 젊은 남녀는 런던 교외를 방황하고 있었다. 그들은 서펜타인 호숫가에 있는 리도에 가곤 했으며, 8월에는 블랙풀의 해변을 자주 찾았다. 그들은 하층민 출신이었으며, 카크니(역주 : 런던의 동부)의 억양으로 말했다. 그리고 나서 그들은 영국을 떠났다. 이 젊은 연인들은 파리로 다시 돌아갔고 어쩌면 마요르카 섬일지도 모르는 지중해의 한 섬으로 떠나 결국 그곳에서 그들이 갈망했던 진정한 삶을 펼칠 수 있었다. 나는 시나리오를 읽으면서 쟈클린에게 내용을 요약해 주었다. 싸분드라가 서론에서 표현한 희망대로라면 그의 의도는 직업배우가 아닌 두 젊은 남녀를 선정하여 다큐멘터리같은 영화를 제작하려는 것이었다.

　나는 그가 시나리오에서 파리와 관련된 부분 중 잘못 표현된 불어를 교정해 달라고 제의했던 것을 기억했다. 잘못된 부분이 몇 군데 있었고, 특히 생제르맹 데프레 구역 안에 있는 거리들과 관련된 부분에서는 아주 작은 실수가 보였다. 시나리오를 계속 읽으면서 나는 덧붙여야 할 세부 사항들 또는 수정해야 할 다른 부분들을 생각했다. 나는 싸분드라에게 이와 같은 세부 사항들에 대해서 얘기하고 싶었고, 그가 원한다면 그와 함께 영화 《블랙풀 선데이》를 위해서 온 힘을 기울이고 싶었다.

15

    그날 이후 나는 마이클 싸분드라를 다시 만날 기회가 없었다. 그가 쓴 시나리오 《블랙풀 선데이》를 읽으면서 나는 갑자기 소설을 쓰고 싶다는 욕구를 느꼈다. 어느 날 나는 아침 일찍 잠에서 깨어나, 늘상 정오가 되어서야 일어나는 쟈클린을 깨우고 싶지 않아서 가능한 한 소리를 내지 않고 밖으로 나갔다.

    나는 노팅힐 게이트 역 주변 상점에서 편지지 한 묶음을 샀다. 그리고 그 여름 아침 나절을 홀랜드 파크 대로를 따라 줄곧 걸어갔다. 우리가 런던에 머무르는 동안은 여름이 한창이었다. 지금껏 피터 레이크맨에 대해 내가 간직하고 있는 기억은 서펜타인 호숫가에서 내리쬐는 햇빛을 등지고 있는 풍채가 좋고 건강미 넘치는 그의 까무잡잡한 모습이다. 그늘과 햇빛의 선명한 대비 때문에 나는 그의 얼굴에서 이목구비를 분명하게 구별하기 어려웠다. 웃음소리와 함께 그의 몸이 물 속에 풍덩 뛰어드는 소리가 들리는 것 같다. 그리고 수영장에 내리쬐는 태양의 열기와 수증기의 뜨거움 아래, 사람들의 목소리가 청명하고 아득한 울림과 섞여 들려온다. 린다의 목소리도 생각난다. 쟈클린에게 질문하는 마이클 싸분드라의 목소리가 생생하게 들린다.

"당신들은 런던에 온 지 오래됐나요?"

나는 홀랜드 파크 가까이 있는 카페테리아에 앉았다. 내가 쓰고 싶었던 소설을 생각하려 했으나 어떠한 구상도 떠오르지 않았다. 그저 우연히 떠오른 여러 문장들을 장황하게 나열해야만 할 것 같았다. 그것은 마치 펌프에 물을 붓는 것과 같았으며 움직이지 않는 모터를 작동시키려는 것과 같았다.

처음에 떠오르는 표현들을 쓰면서 나는 시나리오 《블랙풀 선데이》가 나에게 영향을 주고 있다는 것을 깨달았다. 그러나 싸분드라의 시나리오가 나에게 도약의 발판으로 사용되었다는 사실이 그렇게 중요한 것은 아니었다.

어느 겨울 저녁, 두 주인공이 파리의 북부 역에 도착한다. 그들은 난생 처음으로 파리에서 지내게 되었다. 그들은 머물 만한 호텔을 찾으러 그 구역에서 오랫동안 걷는다. 그러다가 마젠타 대로에 있는 한 호텔을 발견하는데 그 호텔 관리인은 그들을 손님으로 받아들인다. 그곳은 '영국과 벨기에' 호텔이다. 그 옆에는 '런던과 앙베르' 호텔이 있었는데 그 호텔에서는 이 젊은 주인공이 미성년자라는 이유로 방을 주지 않았다.

그들은 더 멀리까지 모험을 한다는 것이 두려운 듯 이 구역을 떠나지 않고 있었다. 그들은 저녁마다 북부 역이 정면으로 보이는 콩피엔느 거리와 덩케르크 거리 사이의 길모퉁이에 자리잡은 카페에 앉아 있었다. 그날 저녁 카페에서, 그들은 한 낯선 커플이 앉아 있는 테이블 옆에 앉게 된다. 그 커플은 샤랠 부부였고, 그들은 이 부부가 이런 곳에서 무엇을 할 수 있을지 생각하게 되었다.

여자는 아주 우아한 자태의 금발이었고, 남자는 아주 상냥한 목소리로 말하는 갈색 머리였다. 이 부부는 '영국과 벨기에' 호텔에서 그렇게 멀리 떨어지지 않은 마젠타 대로의 아파트로 두 젊은 주인공을 초대한다. 그 집의 방들에는 어스름한 빛이 깔려 있었다. 샤랠 부인은 그들에게 알코올 음료를 따라 준다.

나는 거기에서 이야기를 중단했다. 3페이지 반을 썼다. 《블랙풀 선데이》에 나오는 두 주인공은 파리에 도착하면서 곧바로 생제르맹 데프레에 위치한 루이지안 호텔을 찾게 된다. 그러나 나는 그들이 센 강을 건너지 못하게 했고, 북부 역 주변 구역의 언덕 아래에서 제자리걸음을 하게 내버려두었으며, 길을 잃게 내버려두었다.

샤랠 부부는 시나리오에 등장하지 않는 인물들로 내가 자유롭게 상상한 부분이다. 나는 그 다음 이야기를 쓰려고 서둘렀지만 하루에 한 시간 이상 집중해서 3페이지 이상의 글을 쓰기에는 아직 경험이 없는 초보자였고, 너무 게을렀다.

16

매일 아침 홀랜드 파크 근처에서 창작 작업에 온 정신을 쏟는 시간 만큼은, 더이상 '나'라는 존재는 런던에 있지 않았다. 그 시간 동안 나는 파리 북부 역 앞을 서성이며 마젠타 대로를 따라 거닐고 있었다.

30년이란 세월이 흐른 뒤 맞이한 1994년 7월을 파리에서 보내는 이 순간, 나는 홀랜드 파크에서 나뭇잎들이 실바람의 장단에 맞추어 하늘하늘 춤추던 그해 여름으로 도피하고 싶은 욕망에 사로잡힌다. 그늘과 햇빛이 반복해서 대비되는 풍경이 너무나 인상적이어서, 나는 그와 같은 기억 속의 풍경을 다시는 볼 수 없었고 다만 상상의 세계에서 그려볼 뿐이었다.

그 당시를 돌이켜 보면, 나는 《블랙풀 선데이》라는 영화의 시나리오를 읽고 매우 감동받았고 그것을 내 소설의 발판으로 삼았지만, 그래도 내 소설을 그것의 주제와 다르게 쓰는 데는 성공했다. 마치 카메라의 연결 차단장치처럼 내 창작 작업에 자극을 주었던 영화 연출가 마이클 싸분드라의 배려는 잊을 수가 없다.

　나는 린다에게 싸분드라를 만날 수 있는지 물어보았다. 그래서 쟈클린과 나는 자메이카 사람들이 많이 모이는 노팅힐 지하철역 근처에 있는 리오 카페에서 그와의 두 번째 만남을 갖게 되었다. 그날 저녁 그곳에 백인은 단지 우리 셋뿐이었다. 린다는 이 카페를 잘 알고 있었다. 추측하건대, 린다는 바로 그곳에서 대마초를 구입했으며, 그 대마초 냄새가 그녀의 집안 구석구석에 배어 있었던 것 같다.

　나는 시나리오의 생제르맹 데프레가 나오는 부분 중에서 잘못 쓰여진 불어 문장을 고쳤다고 싸분드라에게 말했다. 그는 불안해 보였다. 레이크맨이 그에게 영화 제작비를 줄 것인지에 대해 의심하면서 동시에 파리에 있는 영화 제작자들과 관계를 맺는 것이 더 낫지 않을까 고민하고 있었던 것이다. 그들 영화 제작자들은 '젊은이들'을 믿고 일을 맡길 준비가 되어 있었다.

　"그렇지만 레이크맨 역시 젊은이들을 만나는 걸 좋아하는 것 같아요."

　나는 그에게 내가 느낀 것을 말해 주었다. 그리고 나는 나에게 미소를 지어보이는 쟈클린을 쳐다보았다. 린다는 생각에 잠긴 듯한 표정으로 반복해서 말했다.

　"정말이에요. 그는 젊은이들에게 관심이 많지요."

키가 작은 30세 가량의 자메이카 남자가 말 탄 기사같은 모습으로 린다 옆에 앉으려고 다가왔다. 그는 팔로 그녀의 어깨를 감싸고 있었다. 그녀가 우리에게 그를 소개했다.

"에드거로즈예요."

오랜 세월이 지났지만 나는 아직 그의 이름을 기억하고 있다. 그는 에드거로즈였다. 그는 우리를 만나게 되어 매우 기쁘다고 말했다. 나는 그가 반쯤 열린 린다의 방문 안쪽에서 그녀를 부르던 희미한 목소리의 주인공이라는 것을 알 수 있었다.

에드거로즈가 내게 자신은 연주가이며 스웨덴에서 순회공연을 마치고 돌아왔다고 얘기하는 순간, 피터 레이크맨이 모습을 나타냈다. 그는 거북테 안경을 쓴 채 우리에게 시선을 고정시키며 테이블로 걸어왔다. 린다는 그를 보자 놀란 표정을 감추지 못했다.

그는 그녀 앞에 우뚝 서서 손바닥으로 그녀의 뺨을 찰싹 때렸다. 그러자 에드거로즈가 자리에서 일어나 레이크맨의 왼쪽 볼을 엄지와 검지로 잡아당겼다. 레이크맨이 몸을 빼려고 머리를 흔드는 순간 거북테 안경이 떨어졌다. 싸분드라와 나는 그들을 떼어놓으려고 애썼다. 다른 자메이카 손님들이 벌써 우리 테이블을 둘러싸고 구경하고 있었다. 쟈클린은 냉정한 표정으로 이 싸움에 완전히 무관심한 태도를 보였다. 그녀는 담배에 불을 붙였다.

에드거로즈는 레이크맨의 볼을 잡고 반항하는 학생을 교실에서 쫓아내는 교사처럼 출구 쪽으로 끌고 갔다. 그때 레이크맨이 에드거로즈를 피하려고 왼쪽 팔로 그의 코를 한 대 쳤다. 그는 하는 수 없이 레이크맨을 놓아주었다. 레이크맨은 카페 문을 열고 나가 길 한가운데에 멍하니 움직이지 않고 서 있었다.

나는 그에게 다가가서 바닥에서 주워든 거북테 안경을 내밀었다. 그는 갑자기 냉정을 되찾고 자신의 볼을 만지며 말했다.

"고맙군. 이런 음탕한 영국 여자들에겐 신경 쓸 가치가 전혀 없지."

그는 자기 양복저고리의 주머니에서 하얀 손수건을 꺼내어 안경의 유리알을 정성껏 닦았다. 그리고 나서 안경다리를 두 손으로 잡고, 품위를 유지하려 애쓰며 안경을 다시 제대로 맞추었다. 재규어에 올라탄 그는 시동을 걸기 전에 차창을 열고 내게 말했다.

"자네 약혼녀가 이런 음탕한 여자들과 같지 않기를 진심으로 바라네."

우리 테이블 주변에 모여 있던 사람들은 이제 모두 침묵을 지켰다. 린다와 마이클 싸분드라는 근심스러워 보였다. 에드거 로즈는 조용히 담배를 피우고 있었다. 그의 한쪽 코에서 피가 조금 흘렀다.

"피터는 비참한 기분일 거야."

싸분드라가 말했다.

"그 기분이 며칠 더 지속되겠지. 그러나 곧 사라질 거야."

어깨를 으쓱거리며 린다가 말했다.

쟈클린과 나는 시선을 주고받았다. 나는 우리가 같은 생각을 하고 있다는 것을 느꼈다. 우리가 이래도 체프스토우 빌라에 살아야만 할까? 이 세 사람과 동행하면서 도대체 우리는 뭘 하고 있는 것일까?

에드거로즈를 만나러 몇몇 자메이카 친구들이 왔으며, 카페 안은 사람들로 붐볐고 웅성거리는 소리로 시끄러웠다. 나는 지금도 눈을 감으면 파리의 단테 카페에 앉아 있는 것처럼 느낄 수 있다.

마이클 싸분드라는 우리와 잠시 동안 동행하고 싶어했다. 우리는 우리를 불청객처럼 여기며 무시하는 에드거로즈의 친구들과 린다와 에드거로즈를 내버려두고 카페에서 나왔다. 싸분드라는 쟈클린과 나 사이에서 걸었다.

"두 사람은 때때로 파리 생각이 나겠군요."

"별로 가고 싶지 않아요."

쟈클린이 짧게 대답했다.

"나는 쟈클린과 생각이 달라요. 나는 매일 아침 파리를 마음속에 그려보곤 하죠."

그리고 나는 그에게 소설 쓰기에 몰두하고 있다는 것과 소설의 처음 부분은 파리 북부 역 주변에서 전개된다고 말했다.

"사실, 《블랙풀 선데이》에서 영감을 얻었어요. 내 소설 역시 젊은 사람들에 관한 이야기죠."

나는 그에게 고백했다.

그는 나를 용서하는 것 같았다. 우리를 차례대로 바라보며 그가 입을 열었다.

"그럼, 그 소설은 당신 둘에 관한 이야기겠군요?"

"꼭 그렇지는 않아요."

내가 말했다.

그는 영화 제작비에 관련된 문제들을 레이크맨과 해결을 보게 될지 걱정하고 있었다. 레이크맨은 시나리오를 읽어보지 않더라도 가방 속에 현금 3만 파운드를 넣어줄 수 있었다. 반대로 싸분드라의 얼굴에 담배 연기를 내뿜으며 거절한다고 말할 수도 있었다.

싸분드라가 말하기를 조금 전에 우리가 보았던 싸움 장면은 자주 일어나는 것이라고 했다. 사실 그와 같은 싸움은 레이크맨을 진정시키는 역할을 했다. 그 같은 일은 신경쇠약 상태에 있는 그에게 기분전환의 수단이 되곤 했다. 싸분드라는 내게 레이크맨에 대해 자세히 이야기해 주었다. 싸분드라의 이야기만으로도 나는 레이크맨이라는 사람의 일생을 그린 소설을 쓸 수 있을 것만 같았다. 전쟁이 끝난 다음 레이크맨은 동유럽으로부터 망명해 오는 사람들 틈에 끼어서 바로 런던에 도착했다. 그는 여러 번 지명을 바꾼 작은 주둔지에서 태어났는데, 그곳은 오스트리아와 헝가리, 폴란드와 러시아 사이의 불분명한 경계선 부근이었다.

"당신이 레이크맨에게 질문했었다면… 아마도 그는 당신에겐 대답했을 거예요."

싸분드라는 덧붙여 말했다. 우리는 웨스트본 그로브에 도착했다. 싸분드라는 지나가던 택시를 소리쳐 불렀다.

"당신들 사는 곳에 함께 가지 않는다고 나를 원망하진 않겠죠. 난 지금 피곤해서 죽을 지경이거든요."

택시 안으로 들어가기 전에 그는 빈 담뱃갑 위에 그의 주소와 전화번호를 적어주었다. 그는 우리가 시나리오 《블랙풀 선데

이》에서 교정한 부분을 함께 검토할 수 있도록 가까운 시일 내에 내가 자신에게 연락을 할 것이라고 생각하는 것 같았다.

쟈클린과 나는 다시 단둘이 있게 되었다.

"집으로 돌아가기 전에 우리 산책하고 갈까?"

나는 쟈클린에게 말했다. 체프스토우 빌라에서는 무엇이 우리를 기다리고 있을까? 린다가 우리에게 말했던 것처럼 레이크맨이 가구들을 창문으로 던져버리고 있을까? 그는 아마도 린다와 그녀의 자메이카 친구들을 당황하게 하려고 망을 보고 있을지도 모른다.

우리는 이름이 잘 기억나지 않는 어느 광장 앞에 도착했다. 그 광장은 집과 가까운 곳에 있었고, 나는 집을 찾으려고 런던 지도를 살펴봤다. 이름이 래드브로큰 광장이었던가? 베이스 워터 쪽에서 멀리 떨어져 있었던가? 어쨌든 광장 가장자리에 줄지어 늘어서 있던 저택의 정면은 칙칙한 빛깔을 띠었고, 가로등은 꺼져 있었지만 그날 밤 우리는 보름달빛 아래 조금씩 앞으로 나아갈 수 있었다.

우리는 작은 철책 대문에 달린 자물쇠에 열쇠를 꽂아둔 채 깜박 잊고 외출을 했다는 사실을 알았다. 내가 문을 열었고 우리는 저택의 뜰 안으로 들어가 안에서 자물쇠를 걸었다. 우리는 마치 숨어 있는 것처럼 집안에 틀어박혀 있었으므로 아무도 그곳으로 들어올 수 없었다. 마치 숲속 오솔길로 들어선 것같은 신선함이 우리를 감싸주었다. 머리 위로 치솟은 나뭇잎들이 빽빽하게 우거진 숲을 이루고 있었기에 달빛은 겨우 나뭇잎 사이

로 새어나오고 있었다. 잔디는 오래 전부터 깎지 않아 무성했
다. 우리는 나무로 된 벤치를 발견했는데, 벤치 주위에는 조약
돌이 깔려 있었다. 우리는 벤치 위에 앉았다. 내 눈은 어둠에
익숙해져서 뜰안 가운데 버려진 받침대 위에 동물 윤곽이 우뚝
서 있는 것을 볼 수 있었다. 나는 그 동물이 암사자였는지 수표
범이었는지 혹은 단순히 개였는지 생각해 보았다.

"여기 정말 근사한데."

그녀는 내 어깨에 머리를 기댔다. 나뭇잎들은 뜰 주변의 저
택들을 가리고 있었다. 그곳에서 우리는 며칠 전부터 런던을 질
식시킬 것만 같았던 열기를 더이상 느끼지 못했다. 이 도시는
숲속으로 들어가려면 길 모퉁이를 돌아서는 것으로 충분했다.

17

싸분드라의 말처럼 나는 레이크맨에 관한 소설을 쓸 수 있었을 것이다. 우리가 처음 만나던 날 레이크맨이 쟈클린에게 농담처럼 던졌던 말이 나를 불안하게 했다.

"당신은 내게 빌려간 돈을 현물로 갚겠지."

그녀가 2백 파운드가 들어 있는 봉투를 받아쥐었을 때 그가 했던 말이다. 어느 날 오후 쟈클린이 린다와 쇼핑을 간 사이에 나는 햄스테드 쪽으로 혼자서 산책을 갔다가 저녁 일곱 시쯤에 집에 돌아왔다. 쟈클린은 벌써 집에 돌아와 혼자 있었다. 봉투 하나가 침대 위에 굴러다니는 것이 보였다. 그 봉투는 그녀가 일전에 받았던 것과 똑같은 하늘색이었으며 크기도 같았지만 이번에는 그 안에 3백 파운드가 들어 있었다. 쟈클린은 내게 무언가를 숨기는 것 같았다. 그녀는 오후 내내 린다를 기다리고 있었지만 린다는 오지 않았다. 레이크맨도 역시 린다를 기다리고 있었다. 그가 쟈클린에게 또다시 봉투를 건네준 것을 보고 나는 그녀가 그에게 신세진 돈을 현물로 갚은 거라고 생각했다.

방에는 쎈톨 냄새가 풍기고 있었다. 레이크맨은 언제나 이 류머티즘 약을 몸에 지니고 다녔다. 린다가 은밀히 전해준 이야기를 통해, 나는 레이크맨의 습관이 무엇인지 알게 되었다. 그는 레스토랑에서 저녁 식사를 할 때면 미리 가져온 자기의 식기로 식사를 하며, 주방이 깨끗한지 확인하기 위해 식사 전에 주방을 둘러보곤 한다고 했다. 또 하루에 세 번 목욕을 하고 쎈톨 류머티즘 약으로 자기 몸을 마사지 하곤 했으며, 카페에 가게 되면 깨끗하게 씻겨지지 않은 컵에 입술이 닿는 것을 피하기 위해 광천수 한 병을 주문해서는 자신이 직접 뚜껑을 열어 병째로 마시곤 한다고 했다.

레이크맨은 자기보다 훨씬 젊은 여자들에게 체프스토우 빌라와 비슷한 집을 얻어주고는 거기서 살게 했다. 그리고는 오후에 갑작스럽게 그녀들을 방문해 아무 준비도 없었던 여자들을 아주 냉정하고 기계적으로 다루곤 했다. 자신은 옷도 벗지 않은 채 마치 이를 닦는 것처럼 일상적 행위로 여자들을 대하는 것이었다. 그리고 나서 그는 까만 서류가방에 항상 넣어 다니던 체스판을 펴놓고 여자들과 체스 게임을 즐기곤 했다.

18

그때부터 우리는 그 저택에 단둘이 있게 되었다. 린다가 자취를 감춘 것이다. 밤마다 들려오던 자메이카 풍의 음악 소리와 웃음소리도 더이상 들려오지 않았다. 우리는 조금 낯선 느낌이 들었다. 어느새 우리가 린다의 방문 밑으로 새어나오는 불빛을 보는 데 익숙해져 있었기 때문이다. 나는 여러 번 마이클 싸분드라에게 전화를 걸어보았지만 아무도 받지 않았다.

어쩐지 그들을 영영 만나지 못할 것만 같았다. 그들은 어딘가 먼 곳으로 자취를 감추었으며 그때부터 우리는, 우리가 왜 그 방에 살고 있는지를 뚜렷하게 설명할 수 없게 되었다. 우리가 그 집에 불법으로 침입한 느낌마저 들었다.

아침마다 나는 소설을 한두 장 쓰곤 했으며, 피터 레이크맨이 지난번과 똑같은 테이블에 앉아 있는지 보려고 서펜타인 호숫가에 있는 리도 수영장에 들러보기도 했다. 그러나 그는 그곳에 없었다. 그래서 나는 매표소 담당직원에게 레이크맨에 대해 물어보았지만 직원은 그를 알지 못했다.

나는 월튼 스트리트에 있는 마이클 싸분드라의 집에도 갔었다. 나는 초인종을 한번 눌러보고는 아래층으로 내려가 저스틴드 블랭크라는 이름이 간판에 적혀 있는 제과점에 들어갔다. 왜 이 상점 이름이 내 기억 속에 남아 있는 것일까? 그러나 저스틴드 블랭크라는 빵집 주인도 나에게 싸분드라에 대한 별다른 정보를 줄 수 없었다. 그는 단지 싸분드라의 이름만 어렴풋이 아는 정도였다. 그래, 싸분드라는 죠셉 코튼을 닮은 금발이었다. 빵집 주인에게서 얻어낸 것은 싸분드라가 이 집에 자주 오는 편은 아니라는 것뿐이었다.

쟈클린과 나는 노팅힐 거리 맨 끝에 있는 리오 카페까지 걸어 가 자메이카 출신의 카페 주인에게 에드거로즈와 린다의 소식을 물었다. 그는 며칠 전부터 그들 소식을 듣지 못했다고 대답했으며, 그를 비롯해 그 안에 있던 손님들 모두가 우리를 경계하는 듯 했다.

19

여느때처럼 편지지 한 묶음을 들고 집을 나서던 어느 날 아침, 나는 체프스토우 빌라와 레드버리 거리가 만나는 길 모퉁이에 주차되어 있는 레이크맨의 재규어를 알아보았다. 그는 열린 차창으로 고개를 내밀었다.

"잘 지내고 있나? 나와 함께 산책하는 게 어떻겠나?"

그가 차문을 열어주었으므로 나는 앞좌석에 앉았다.

"그사이 당신 소식을 통 듣지 못했어요."

나는 그에게 이렇게만 말했을 뿐 감히 린다에 대해서 말을 꺼내지는 못했다. 아마도 그는 차안에서 줄곧 집을 감시하고 있었을 것이다.

"일도 많았고… 걱정거리도 많았지. 그리고 언제나 똑같은 일이….'

그는 거북테 안경 너머에서 냉정한 시선으로 나를 쳐다보고 있었다.

"자네, 행복한가?"

나는 그의 말에 멋쩍은 웃음으로 대답했다. 그는 폭격을 당한 듯 폐허가 된 집들이 있는 골목 안에 차를 세웠다.

"자네는 날 이해하겠나? 나는 항상 이런 장소에서 일하며 지내고 있지."

그는 손에 들고 있던 서류가방에서 열쇠 꾸러미를 꺼냈지만 생각이 바뀌었는지 재킷 주머니에 열쇠를 다시 넣었다.

"이 열쇠는 이제 아무 데도 소용이 없어."

그는 혼잣말처럼 중얼거리며 그 집들 중 한 곳의 문을 발로 차서 열었다. 이제는 자물쇠 자리에 단지 구멍 한 개만이 남아 있을 뿐인 그 문은 페인트칠이 비늘처럼 벗겨져 있었다. 우리는 그 집 안으로 들어갔다. 안에는 부서진 벽돌들이 바닥 가득히 쌓여 있었고, 써섹스 가든 근처의 호텔에서 풍겨나오던 냄새보다 더 지독한 냄새가 풍겼다. 나는 구토증을 느꼈다. 레이크맨은 서류가방을 뒤적여 손전등을 꺼냈다. 그는 손전등 빛으로 자기 주변을 빗자루로 쓸어내듯 비추었다. 방구석에는 오래되어 녹슨 가스레인지가 있었다. 그리고, 2층까지 통하는 가파른 계단이 보였는데 나무로 된 계단은 밑바닥이 빠져 있었다.

"자네가 종이와 만년필을 갖고 있으니까 메모를 할 수 있겠군 그래."

그가 말했다. 그는 버려진 상태로 방치되어 있는 옆집들을 관찰하고 까만 서류가방에서 꺼낸 메모 수첩을 참고한 다음 내가 몇가지 정보들을 받아 적을 수 있도록 불러주었다.

　다음날 아침 나는 그 메모가 적혀 있는 종이 뒷면에 소설을 썼고 지금까지 그 기록들을 간직하고 있다. 그때 왜 그는 나에게 그 기록들을 받아적게 했을까? 그는 아마도 어디엔가 기록의 사본이 남아 있기를 바랬을 것이다.

　노팅힐 구역에서 우리가 멈춘 곳은 포위스 광장이라고 불리던 곳인데, 그곳은 포위스 테라스와 포위스 가든으로 통하며 길게 이어져 있었다. 나는 레이크맨이 부르는 대로 받아적으면서 포위스 테라스 5, 9, 10, 11, 12번지에 사는 세입자들을 대조

확인했으며 포위스 가든 3, 4, 6, 7번지와 포위스 광장 13, 45, 46, 47번지도 또한 확인했다. 그 구역의 집들은 에드워드 왕이 지배하던 시대의 양식을 본딴 큰 대문이 달린 집들이 많다고 레이크맨이 설명해 주었다. 제2차 대전이 끝난 이후부터 자메이카 사람들이 살게 되었고, 그 집들의 철거문제가 거론되자 레이크맨은 한꺼번에 그 집들 전부를 샀다. 그래서 그는 그 빈집들을 개축할 생각을 하고 있는 것이다.

그는 자메이카 사람들이 살기 이전에 먼저 그 집에 살았던 사람들의 이름을 발견했다. 그래서 포위스 가든 5번지에는 루이스 존이라는 사람이 살고 있었다고 기록했고, 6번지에는 미스 덧젼, 포위스 광장 13번지에는 찰스 에드워드 버든, 46번지에는 아더 필립 코엔, 47번지에는 미스 매리 모토, 이런 식으로 기록해 나갔다. 나는 그것이 어떤 서류인지 잘 모르지만 아마도 레이크맨은 20년이 지난 후 어떤 서류에 서명을 받기 위해 옛날 주민들의 이름이 필요한 것 같았다. 하지만 사실, 그는 서명을 받게 될 일이 생길 것이라고는 생각지도 않는 것 같았다. 내가 그 사람들에 관해 물어보자 그는 그들 중의 많은 사람들이 블리츠 시대(역주:1940년 제2차 대전 당시 독일이 영국을 폭격했던 시기)에 사망했다고 나에게 설명해 주었다.

우리는 패딩턴 역 가까이 접어들면서 베이스 워터 구역 근처를 지나갔다. 이번에 우리는 아까 보았던 것보다 더 큰 대문이 달려 있는 집들이 철도를 따라 줄지어 있는 올셋 테라스로 들어갔다. 현관 문에 자물쇠가 채워져 있었으므로 레이크맨은 열쇠꾸러미 중에서 하나를 선택해야만 했다. 그 집에는 부서진 벽이나 곰팡이 핀 벽지, 발판이 빠져 버린 계단 같은 것은 보이지 않았다. 그러나 그 집들은 영화를 찍기 위해서 촬영 세트를 만들었다가 허물지 않고 사람들이 빠져나간 것처럼, 사람이 살고 있었다는 어떤 흔적도 찾아볼 수 없었다.

"이 곳은 여행가들이 머물던 호텔로 아주 오래 된 집이지."

레이크맨이 말했다.

그 여행가들은 어떤 사람들이었을까? 나는 밤마다 사이렌 소리가 울리는 순간에 패딩턴 역을 빠져 나오는 사람들의 그림자를 상상했다.

올셋 테라스 끝에 다다랐을 때 나는 사람들이 폐허가 된 교회를 부수는 장면을 보고 놀랐다. 부서진 벽 너머로 교회의 중앙홀이 다 밖으로 드러나 보였다.

"이 교회도 살 수 있었을 텐데."

내 맘과는 달리 레이크맨은 부서져가는 교회건물을 보며 이렇게 말했다.

우리는 홀랜드 파크를 지나서 해머 스미스 거리에 도착했다. 나는 그곳에서 더 멀리까지는 가보지 못했다. 레이크맨은 작은 시골집이나 바닷가의 작은 별장이었던 것 같이 보이는 폐허가 된 집들이 나란히 서 있는 탈가스 거리에 멈췄다.

우리는 그 집들 중 한 곳의 2층까지 올라갔다. 밖으로 불룩하게 튀어 나온 창문의 유리가 깨져 있었다. 차가 소란스러운 소리를 내며 지나갔다. 방 한구석에 야전침대가 있었는데 그 침대 위에 세탁소에서 막 찾아온 것처럼 셀로판지로 덮인 양복과 실내복이 놓여 있는 게 보였다. 레이크맨은 내가 무엇을 보고 있는지 알아차렸다.

"이곳에 가끔씩 낮잠을 자러 오곤 하지."

그가 말했다.

"자동차 지나가는 소리가 방해되지 않나요?"

그는 어깨를 으쓱거렸다. 그리고 나서 셀로판지로 포장된 양복을 집었고, 우리는 계단을 내려왔다. 그는 오른손에는 양복을 왼손에는 까만 서류가방을 들고는 마치 지방 출장을 가기 위해 자기 집을 나서는 세일즈맨처럼 내 앞으로 걸어왔다.

그는 차 뒷좌석에 양복을 조심스럽게 놓고 운전석에 앉았다. 우리는 켄싱턴 가든 방향으로 되돌아 갔다.

"나는 여기보다 훨씬 더 불쾌한 곳에서 잠을 잤던 때도 있었어."

그는 냉정한 시선으로 내 얼굴을 바라보았다.

"그 당시 자네와 거의 비슷한 나이였다네."

우리는 홀랜드 파크 대로를 따라 가다가, 이 시간이면 늘상 내가 소설을 쓰곤 했던 카페테리아 앞을 막 지나가고 있었다.

"전쟁이 끝날 무렵 난 수용소에서 도망쳐 나왔지. 그리고는 어느 건물 지하에서 잠을 자곤 했어. 지하실 구석구석에 쥐들이 득실거려서, 나는 내가 잠이 들면 쥐들이 나를 잡아먹을 거라고 생각했지."

그는 작은 소리를 내며 웃었다.

"어쩐지 나도 다른 쥐들과 같이 한 마리 쥐가 된 느낌이 들었다네. 하기는 벌써 4년 전부터 사람들은 내가 쥐처럼 살고 있다고 말들 하지만…"

우리는 카페테리아를 그냥 지나갔다. 나는 내 소설 속의 인물로 레이크맨을 등장시킬 수도 있었다. 내 소설 속에 등장하는 두 주인공은 파리 북부 역 근처에서 레이크맨과 마주칠 것이다.

"당신은 영국에서 태어나셨나요?"

내가 그에게 물었다.

"아니, 폴란드의 리보프에서 태어났지."

그는 퉁명스러운 어조로 대답했고, 나는 더이상은 그에 대해 알려고 하는 것이 불가능하다는 걸 알았다. 우리는 마블 아치 대로를 향해 하이드 파크를 따라서 가고 있었다.

"난 소설을 쓰려고 해요."

나는 다시 대화를 이어가기 위해 머뭇거리며 그에게 말했다.

"소설을 쓴다구?"

그는 전쟁이 일어나기 직전에 폴란드의 한 도시인 리보프에서 태어났다. 그리고 전쟁에서 살아남았기에 파리의 북부역 근처에서 살 수 있다. 그것은 바로 우연의 문제였다.

그는 메릴본 역 앞에서 속도를 늦추었고, 나는 그가 철길을 따라 늘어선 낡은 집들도 방문하려 하는 줄 알았다. 그러나 우리는 좁은 골목들을 따라가 리전트 파크로 들어갔다.

"자, 마침내 부자들이 사는 곳에 왔어."

그렇게 말하고 그는 힝힝하는 말의 울음소리처럼 웃음을 터뜨렸다. 그는 내게 주소를 기록하게 했다. 론 클로스 거리의 모퉁이와 만나는 파크 거리의 125, 127, 129번지에는 엷은 초록색의 집이 세 채 서 있었다. 그 집들은 모두 창문이 밖으로 불룩 튀어나왔는데 그 중 마지막 집은 거의 폐허가 된 상태였다.

그는 열쇠 꾸러미에 붙어 있는 표시를 확인한 다음, 세 집들 중의 가운데에 있는 집 문을 열었다. 우리는 탈가스 거리에 있는 집에서 본 방들보다 더 넓은 방이 있는 2층으로 올라갔다. 창문 유리는 깨지지 않았지만 방 구석에는 탈가스 거리의 집에 있던 야전침대와 똑같은 것이 놓여 있었다. 그는 침대 위에 앉아서 자기 옆에 까만 서류가방을 내려놓았다. 그리고 나서 하얀 손수건으로 이마의 땀을 닦았다. 벽지는 군데군데 벗겨져 있었고, 바닥에는 마루 널판지가 떨어져 있었다.

"창문 밖을 한번 바라보면 좋을텐데. 경치가 볼 만하지."

그래서 나는 저 멀리 리전트 파크에 깔려 있는 잔디밭과 주변에 있는 웅대한 건물들의 정면을 바라보았다. 하얗게 회반죽으로 단장한 집들과 푸르른 잔디밭이 나의 마음을 평온하게 해주었다.

"지금부터 자네에게 다른 것을 보여주겠네."

그는 자리에서 일어났고, 낡은 전깃줄이 붙어 있는 복도 통로를 지나 작은 뒷방으로 들어갔다. 그 방의 창문은 메릴본 역의 철길을 향해 나 있었다.

"양쪽으로 나 있는 창문은 각각 그 나름대로의 매력이 있지. 그렇다고 생각하지 않나? 그렇지?"

레이크맨이 내게 계속 물어보았다. 그리고 나서 우리는 리전트 파크 쪽의 경치를 볼 수 있는 방으로 다시 돌아왔다.

그는 다시 야전침대에 앉아 까만 서류가방을 열었다. 그 속에서 그는 알루미늄 호일로 싼 샌드위치 두 개를 꺼내 하나를 내게 주었다. 나는 그와 마주보며 방바닥에 앉았다.

"나는 이 집을 그대로 둘 거야. 그리고 언젠가는 여기에서 살게 되겠지."

그는 샌드위치를 한 입 베어먹었다. 나는 셀로판지로 싸인 양복을 생각했다. 그가 지금 입고 있는 양복은 구겨졌고, 재킷에는 단추 한 개가 떨어져 있었으며 신발은 진흙투성이었다. 세균에 지나치게 신경을 곤두세웠던 그는, 결벽증이 심했고 청결 문제에 매우 민감한 반응을 보였다. 그러나 그런 그도 가끔 그의 특이한 버릇을 버리고, 차츰 걸인처럼 변하는 것 같은 느낌이 들었다.

그는 남은 샌드위치를 한 입에 삼켜버리고는 야전침대에 벌렁 누웠다. 팔을 뻗어 침대 옆 바닥에 놓아두었던 까만 서류가방을 뒤지던 그는 가방에서 열쇠 꾸러미를 꺼내 그 중 하나를 떼어내었다.

"자, 이 열쇠를 받게. 그리고 한 시간 후에 나를 깨워줘. 그 동안 자네는 리전트 파크에서 산책을 하면 되겠군."

그는 벽을 마주보고 옆으로 누워 긴 한숨을 내쉬었다.

"난 자네가 동물원엘 가봤으면 싶네. 여기서 아주 가깝지."

나는 그가 잠이 든 것을 알아차리기 전까지 햇볕이 드는 창문 앞에서 움직이지 않고 서 있었다.

20

어느 날 밤 쟈클린과 내가 체프스토우 빌라로 돌아왔을 때 린다의 방문 밑으로 한줄기 빛이 가느다랗게 새어나는 것을 보았다. 또다시 자메이카 음악이 늦은 밤까지 연주되고 있었고, 우리가 그 집에 살게 된 처음 무렵처럼 대마초 향기가 방안에서 가득 풍겨나왔다.

피터 레이크맨은 템즈 강가 돌핀 광장 부근에 있는 자신의 스튜디오에서 파티를 열곤 했으며, 린다가 우리를 그곳으로 데려갔다. 우리는 영화 제작자들을 만나러 런던을 떠나 파리에 다녀온 마이클 싸분드라를 그곳에서 만났다. 그의 시나리오를 읽은 피에르 루스탕은 그 시나리오에 관심을 보였다. 피에르 루스탕. 아직도 내 기억 속에서는 정체불명의 이름으로 떠오르고 있지만, 그 이름의 음절 하나하나는 스무 살 때 들었던 다른 모든 이름처럼 메아리 같은 여운을 남긴다.

레이크맨이 여는 파티에는 다양한 부류의 사람들이 참석하곤 했다. 몇 개월이 지나면 한바탕 불어오는 상쾌한 봄 바람에, 새로운 스타일의 음악과 요란스러운 빛깔의 옷들이 런던 거리에 쏟아져 나올 것이었다. 돌핀 광장 부근에서 파티가 열리는 밤이면 나는 갑자기 활기를 되찾은 듯한 런던에 딱 맞는 몇몇 사람들과 우연히 마주쳤던 것만 같다.

나는 더이상 아침에 글을 쓰지 않았다. 대신 자정부터 작업을 시작했다. 나는 평화롭고 고요한 시간을 글쓰는 데 이용하고 싶지 않았다. 간단하게 말하면 나는 창작에 몰두하는 시간을 조금 늦추었던 것이다. 그래서 매번 나는 그동안 글쓰기를 게을리하던 태만한 생활에서 벗어나는 데 성공했다. 나는 또다른 이유 때문에 자정 무렵의 시간을 선택해 글을 썼다. 나는 우리가 런던에 도착한 지 얼마 되지 않았을 때에 그토록 자주 느꼈던 불안이 다시 시작될 것을 두려워하고 있었다.

쟈클린도 같은 불안을 틀림없이 느꼈겠지만 그녀에게는 주위의 사람들과 떠들썩한 소음이 필요했다. 자정이 되면 그녀는 린다와 함께 외출하곤 했다. 그들은 레이크맨이 여는 파티에 가거나 노팅힐 근처의 외진 곳을 찾아가곤 했다. 우리는 레이크맨의 스튜디오에서 많은 사람들을 알게 되었고 그들도 또한 우리를 초대했다. 싸분드라가 얘기했듯이, 우리는 런던에서 처음으로 조용한 세계에 살고 있는 것 같은 느낌이 들지 않았다. 모두가 활기에 넘치는 듯했다.

나는 쟈클린과 내가 마지막으로 산책했던 날을 기억하고 있다. 나는 돌핀 광장에 있는 레이크맨의 스튜디오까지 쟈클린과 동행했다. 그곳에 올라가고 싶지 않고, 많은 사람들 사이에 끼고 싶지 않은 내 마음과는 달리 그녀는 그곳을 좋아했기 때문이었다. 집으로 돌아오는 거리는 나를 약간 불안하게 했다. 나는 아직도 하얀 백지를 여러 문장들로 채워야 했지만 선택의 여지가 없었다.

마지막 산책을 하며 저녁 시간을 보내던 우리는 택시기사에게 빅토리아 역 앞에 내려달라고 부탁했다. 그리고 그 역에서부터 핌리코의 거리들을 가로지르며 템즈 강까지 걸었다. 그때는 7월이었다. 열기가 우리를 질식시키는 듯 했지만, 광장을 둘러싸고 있는 울타리를 따라 걷고 있으니 실바람이 쥐똥나무, 보리수나무 향기를 우리에게로 날려보냈다.

나는 현관에서 쟈클린과 헤어졌다. 돌핀 광장을 둘러싸고 있는 수많은 건물들이 달빛 아래 더욱 선명하게 보였다. 나무들의 그림자는 길 위에 던져졌고, 나뭇잎들은 잔잔하게 그대로 있었다. 바람 한 점 불지 않았다. 템즈 반대편의 유람선에 있는 레스토랑은 번쩍이는 간판을 세우고 있었고, 도어맨은 부교로 된 입구에 서 있었다. 그러나 아무도 그 레스토랑에 가는 것처럼 보이지는 않았다. 나는 유니폼을 입고 언제나 꼼짝하지 않고 서 있는 도어맨을 유심히 바라보았다. 이 같은 시각에 자동차들은 템즈 강변으로 더이상 지나가지 않았으며, 나는 마침내 여름에 느끼는 평온하고 울적한 기분에 사로잡혔다.

체프스토우 빌라로 돌아와서 나는 침대에 누운 채 글을 쓰고 있었다. 그리고 나서 나는 스탠드를 끄고 컴컴한 어둠 속에서 쟈클린을 기다리곤 했다.

　그녀는 언제나 혼자서 새벽 세 시경에 돌아왔다. 며칠 전부터린다는 또다시 모습을 감추었다.

　쟈클린이 살며시 문을 여는 동안 나는 잠을 자는 척 했다.

　그리고 한동안 나는 새벽까지 밤을 새우곤 했지만 계단에서 그녀의 발자국 소리는 더이상 들려오지 않았다.

21

　1994년 10월 1일 토요일이었던 어제, 나는 파리의 이탈리아 광장에서 전철을 타고 집으로 돌아왔다. 나는 다른 상점들보다 다양한 종류의 영화 테이프를 더 많이 갖추어 놓은 듯한 상점에 영화 테이프를 찾아보러 갔었다. 내가 이탈리아 광장에 가본 지는 오래되었는데, 광장은 고층빌딩들이 많이 들어서서 상당히 변해 있었다.

　전철 안에서 나는 문 가까이에 서 있었다. 한 여인이 내 왼쪽 좌석에 앉아 있었다. 그녀는 선글라스를 쓰고 턱 밑에까지 스카프를 두른 채 낡은 베이지색 레인코트를 입고 있었기 때문에 나는 자연히 그녀에게로 시선이 갔다. 나는 그녀가 쟈클린이라는 것을 단번에 알아보았다.

　땅 위로 가는 전철은 오귀스트 블랑키 대로를 따라 달리고 있었다. 햇빛에 비추어진 그녀의 얼굴은 야윈 듯해 보였다. 나는 입과 코를 분명히 알아 보면서 그 여인이 바로 쟈클린임을 차츰 확신하게 되었다. 그녀는 나를 바라보지 않고 있었다. 그리고 그녀의 눈은 선글라스로 가려져 있었다.

그녀는 코르비자르 역에 도착하자 자리에서 일어났고, 나는 센 강변로까지 그녀를 따라갔다. 그녀는 왼손에 장바구니를 들고 금방이라도 쓰러질 것 같은 힘없는 모습으로 걷고 있었다. 그런 그녀의 모습은 더이상 예전의 그녀 모습이 아니었다. 나는 요즘 들어 자주 이유없이 꿈 속에서 그녀를 보았다. 꿈에서 그녀는 지중해의 고기잡이 하는 작은 항구에서 뜨거운 햇볕을 받으며 땅바닥에 앉아 끊임없이 뜨개질을 하고 있었다. 그녀 옆에는 지나가는 행인들이 동전을 놓고 가는 접시도 있었다.

그녀는 오귀스트 블랑키 대로를 가로질러 코르비자르 거리로 들어섰다. 나는 그녀 뒤를 따라 비탈길을 내려갔다. 그녀는 식료품가게에 들어갔다. 그녀가 가게에서 나왔을 때 장바구니가 더 무거워졌다는 것을 나는 그녀의 발걸음을 보며 느꼈다.

그녀는 공원 앞 작은 광장에 뮈스카데 주니어라는 간판을 달고 있는 카페로 들어갔다. 나는 유리창 너머로 카페 안을 바라보았다. 그녀는 발 밑에 장바구니를 내려놓고 바에 서서 맥주 한 잔을 직접 따르고 있었다. 나는 그녀의 주소를 알기 위해 그녀에게 다가간다거나, 그녀를 따라가고 싶지는 않았다. 수많은 세월이 지났기 때문에 그녀가 나를 기억하지 못할까봐 두려웠던 것이다.

가을 들어 첫 번째 일요일인 오늘, 나는 어제 쟈클린과 만났던 전철 노선을 타고 있다. 전철은 생자크 거리에 줄지어 선 나무들 위를 지나고 있다. 나뭇잎들은 철로 쪽으로 바람에 휩쓸리고 있었다. 이제 나는 공중에 떠있는 것 같았고, 현재의 삶을 회피하고 싶은 느낌이 들었다. 더이상 어떤 것도 나를 무엇인가에 묶어두지 못한다. 잠시 후 큰 유리 지붕이 있는 시골역 같은 분위기의 코르비자르 지하철역을 지나갈 때 나는 마치 시간의 틈새로 빠져나가는 듯한 기분에 사로잡혀, 마침내 영원히 사라질 것이다. 나는 거리의 비탈길을 내려가며 그녀를 만나게 될 행운이 있을 거라고 생각했다. 그녀는 이 구역 어디에선가 살고 있을 것이다.

15년 전에도 지금같은 기분을 느꼈던 것을 나는 기억한다. 8월의 어느 오후 나는 블로뉴 비앙쿠르(역주: 파리의 근교 도시) 시청에 출생증명서 초본을 찾으러 갔었다. 일을 마친 나는 오뙤이으 시문(역주: 파리의 市門)을 지나 경마장과 블로뉴 숲을 따라 길을 걸어왔다. 나는 트로카데로 공원을 지나 센 강변에 있는 호텔에 잠시 살고 있었다. 나는 결국 파리에 남아 있게 될지, 아니면 내가 계획했던 《항구의 시인과 소설가들》이라는 책을 계속 쓰면서, 아르헨티나 시인인 액토르 페드로 블룸베르그에 대해 연구하기 위해 부에노스아이레스에 체류하게 될지 아직 잘 모르고 있었다. 그렇지만 어쨌든 그의 시는 나의 호기심을 자극하고 당혹스런 느낌을 주었다.

슈나이더는 그날 밤 살해됐다
파라과이의 카페에서
그의 눈은 파란 빛을 띠었고, 안색은 창백했다…

햇볕이 환하게 내리쬐는 어느 늦은 오후였다. 라뮈에뜨 시문(市門)에 도착하기 직전 나는 작은 공원의 벤치에 앉아 있었다.

이 구역은 나에게 어린 시절을 떠오르게 했다. 내가 생제르맹 데프레까지 타고 갔던 63번 버스는 라뮈에뜨 시문에 정차했다. 그리고 블로뉴 숲에서 하루 종일 시간을 보낸 후 저녁 여섯 시경에 다시 그 버스를 기다려야만 했다. 그러나 이런 추억들은 내가 확실하게 체험했던 것이라고 확신할 수 없는 예전의 삶이 되어 버렸기 때문에 나는 가장 최근에 보낸 다른 추억들을 공연히 정리할 필요가 없었다.

나는 주머니 속에서 출생증명서 초본을 꺼냈다. 나는 1945년 어느 여름날에 태어났다. 아버지는 오후 다섯 시쯤 시청에 있는 출생신고 기록부에 서명을 하러 갔다. 나는 시청에서 받은 복사된 사진 위에 씌어진 아버지의 서명을 자세히 보았지만 읽을 수 없었다. 서명을 마친 아버지가 그해 여름의 한적했던 거리를 걸어서 집으로 돌아오고 있을 때 정적 속에 자전거의 맑은 벨소리가 들렸다. 그때는 오늘과 같은 계절이었으며 또한 햇볕이 내리쬐는 늦은 오후였다.

나는 다시 출생증명서를 주머니에 넣었다. 나는 깨어나야만 할 꿈 속에 빠져 있었다. 현재에 나를 머물게 했던 인연은 점점 더 길게 계속 이어져 갔다. 일종의 기억상실증과 자기 신분의 점차적인 상실 속에 헤매이며, 이 벤치에 앉아 나의 일생을 마친다면 정말 불행한 일이 될 것이다. 그리고 지나가는 행인에게 나의 거처를 알려줄 수 없는 것 또한 행복한 것은 아닐 것이다. 파리에서 길을 잃은 강아지들이 자기 주인의 주소와 전화번호가 새겨진 목걸이를 목에 걸고 있는 것처럼, 다행히 나도 주머니 속에 출생증명서 초본을 소유하고 있었다. 그리고 나는 내가 느꼈던 심적인 동요를 설명하려고 했다. 나는 몇주일 전부터 사람들을 만나지 못했다. 내가 전화를 걸었던 사람들은 휴가에서 돌아오지 않았다. 시내에서 멀리 떨어진 호텔을 정한 것이 나의 실수였다. 여름이 시작될 무렵, 나는 그 호텔에서 잠시 머물다가 점차 작은 아파트나 넓은 방을 구하려고 생각했었다. 그러나 나는 내 마음을 의심하게 되었다. 나는 정말 파리에 머물고 싶었던 것일까? 여름이 지속되고 있는 동안은 내가 관광객이 된 듯한 착각에 빠졌다. 하지만 가을이 시작되면서 거리와 사람들 모두는 다시 일상적인 모습을 되찾을 것이었다. 모든 것이 단조로운 색채를 띨 때 내가 또다시 그 속에 섞일 수 있는 용기가 있는지 생각해 보았다.

나는 인생의 한 시기를 마감하고 있다는 것을 확실하게 인식하게 되었다. 그 시기는 15년 동안 지속되었고 나는 그때 인생의 새로운 단계를 맞이하기 전의 공백 기간을 보내고 있는 것이었다. 나는 15년 전을 회상하려고 했다. 그 시절을 생각해보면 무엇이든지 끝이 있게 마련인 것 같다.

나는 내 부모와 멀리 떨어져 있었다. 아버지는 나를 떼어놓고, 비밀을 감춘 채 멀리 도망치기 위해 일부러 잠깐씩 만날 장소를 고르기라도 하는 것처럼, 나와 약속을 했던 곳은 모두 카페의 구석, 호텔 로비나 역의 간이식당이었다.

우리는 서로 마주앉아 말없이 침묵을 지키고 있었다. 가끔씩 아버지는 나를 힐끗 쳐다보았다. 엄마는 점점 더 큰소리로 나에게 말했는데, 나는 엄마의 입술이 급격하고 불규칙하게 움직이는 것을 보며 무슨 말인가를 짐작해야 했다. 왜냐하면 유리창이 우리 사이를 가로막고 있어서 엄마의 목소리가 차단되었기 때문이다.

그리고 나서 계속된 15년이라는 세월은 일그러진 방황의 시기였다. 겨우 몇 사람의 흐릿한 얼굴과 희미한 추억들 그리고 약간의 후회가 남았을 뿐이다. 그러나 나는 그 시절로부터 어떤 슬픈 감정을 느끼기보다는 오히려 위안을 받았다. 나는 원점에서 다시 시작하려고 했다. 그 시기 동안의 일 중 아직도 선명하게 떠오르는 순간들은 바로 쟈클린, 반 베버르와 함께 지낸 시절이었다. 왜 다른 이야기보다 그 시절의 일들이 더 생각나는 걸까? 아마 아직도 그때의 이야기가 끝나지 않은 여운을 남기고 있기 때문일 것이다.

내가 앉아 있던 벤치는 이제 그늘 속에 가려졌다. 나는 작은 잔디밭을 지나 햇볕이 드는 곳에 앉았다. 홀가분한 느낌이 들었다. 나는 이제 더 이상 사람들에게 설명해야 할 생각과 변명, 알아듣기 힘들게 빨리 말해버리는 거짓말을 염두에 두지 않았다. 나는 다른 어떤 사람으로 변해가고 있었으며 이러한 변신은 너무나 진지하게 이루어졌기 때문에 15년이 지나는 동안 나와 마주쳤던 사람들 중 그 누구도 이제는 나를 알아볼 수 없을 것이다.

내 뒤에서 자동차의 시동을 거는 소리가 들려왔다. 누군가가 작은 공원과 대로 사이의 길모퉁이에 차를 주차시키고 있었다. 모터는 정지되고 차문이 쾅 소리를 내며 닫혔다. 한 여인이 작은 공원을 둘러싼 철책 울타리를 따라 거닐고 있었다. 그녀는 노란색 여름 원피스를 입고 선글라스를 끼고 있었다. 그녀의 머리카락은 밤색빛이었다. 나는 그녀의 얼굴을 자세히 살펴볼 수는 없었지만 느릿한 걸음걸이는 유심히 보았다. 그녀가 걷는 속도가 점점 느려졌다. 여러 방향을 놓고 어디로 갈 것인가 망설이는 듯 했다. 그리고 나서 그녀는 갈 길을 찾은 듯, 한쪽 길로 들어섰다. 바로 쟈클린이었다.

나는 작은 공원을 지나 그녀를 따라갔다. 나는 감히 그녀를 앞질러 갈 수 없었다. 아마도 그녀는 나를 잘 기억하지 못할 것 같았다. 그녀의 머리카락은 15년 전보다 훨씬 더 짧아졌지만 그녀의 행동 하나하나는 다른 사람의 것이 될 수 없었다.

그녀는 많은 건물들 중 한 곳으로 들어갔다. 그녀에게 다가가기에는 너무 늦었다. 그리고 내가 그녀에게 무엇을 말할 수 있겠는가? 내가 지나온 이 길은 투르넬 강변로와 단테 카페로부터 아주 멀리 떨어져 있었다.

나는 건물 앞을 지나며 주소를 적었다. 이 집은 과연 그녀의 집일까? 아니면 그녀가 친구집을 방문한 것일까? 나는 다른 사람들도 그녀가 걸어가는 뒷모습을 보고 누구인지를 알아보는지 생각하게 되었다. 나는 작은 공원 쪽으로 다시 돌아왔다. 그녀의 차는 그곳에 그대로 있었다. 나는 내가 머무는 호텔의 전화번호와 짧은 메모를 앞 유리창에 남기고 싶은 욕구를 느꼈다.

나는 어제 파리의 뉴욕 대로에 있는 렌터카점에서 차를 빌렸
는데 그 차는 아직도 그 자리에 그대로 있었다. 호텔방에서 머
무는 동안 나는 이 구역은 너무 한적하고, 8월의 한산한 파리에
서 걷거나 전철을 타는 시간은 너무 고독하다고 느꼈다. 그래서
차를 빌려야겠다고 생각하자 기분이 좀 나아졌던 것이다. 언제
라도 떠나고자 하는 마음만 먹으면 나는 파리를 떠날 수 있을
것만 같았다. 지난 15년 동안 나는 다른 사람들과 내 자신의 삶
속에 얽매여 살아온 죄수처럼 느껴졌다. 그 동안 나의 모든 꿈
들은 매일 반복되는 똑같은 것들이었다. 그것들은 도망칠 곳을
찾아헤매이거나 기차를 타고 여행을 떠나는 꿈이었지만, 나는
불행히도 실제로는 그 꿈을 이루지 못했다. 나는 결코 역에 다
다르지 못하고 번번이 지하철 통로에서 길을 잃곤 했다. 플랫폼
에는 열차가 도착하지 않았다. 나는 집에서 나와 미국식 대형
자동차의 운전석에 올라타 엔진 소리도 없이 블로뉴 숲으로 가
는 한적한 거리를 따라 달리는 꿈도 꾸었는데, 그때 나는 경쾌
하고 안락한 느낌에 사로잡혔다.

렌터카점 주인은 내게 차 키를 넘겨주었다. 내가 후진을 하
다가 휘발유 펌프 중 하나를 들이받을 뻔했을 때 나는 그의 놀
란 표정을 보았다. 나는 그때 앞에 있는 신호등의 빨간불이 켜
져도 정차할 수 없을 거라는 걱정을 하고 있었다. 꿈 속에서는
또 이런 일도 일어났다. 나는 브레이크로 속도를 늦추면서 모든
빨간 신호등 앞에 멈추지 않고 지나쳤으며 일방통행 금지구역
을 위반했다.

나는 호텔 앞에 차를 무사히 주차시키고, 호텔 관리인에게
전화번호부를 부탁했다. 쟈클린의 주소는 어느 거리에도 나타

나지 않았다. 15년 전에 그녀는 틀림없이 결혼을 했을 것이었다. 그러나 그녀는 누구의 부인이 되었을까?

피에르 델로르므
뎅티이야크
세실 존스
르네 라코스트
제임스 월터
상쉐―시레
뷔달

나는 전화번호부에서 찾은 사람들의 이름을 보고 그들 모두에게 한 명씩 차례로 전화를 걸어보기로 했다.

공중전화박스에서 첫 번째 번호를 돌렸다. 전화벨 소리는 오랫동안 계속 울렸다. 한참 후 누군가가 수화기를 들었다. 남자의 목소리였다.

"네, 여보세요?"

"쟈클린과 통화할 수 있을까요?"

"전화 잘못 거신 것 같은데요."

나는 수화기를 내려놓았다. 더이상 다른 번호에 전화를 걸어볼 용기가 나지 않았다.

나는 호텔을 떠나려고 밤이 오기를 기다렸다. 나는 운전석에 앉아 시동을 걸었다. 파리의 지리를 잘 알고 있는 내가 만약 걸어서 간다면 라뮈에뜨 시문까지 가장 빠른 지름길로 갈 수 있을 것이다. 하지만 지금 나는, 배가 막연히 바다를 항해하듯이 이 차를 운전하고 있다. 나는 오랫동안 운전을 하지 않아서 어떤 거리가 일방통행인지 잘 알지 못했다. 그래서 그냥 계속 직진하기로 마음먹었다.

파시 강변로와 베르사이유 대로를 통과하여 되돌아오는 데는 오랜 시간이 걸렸다. 그리고 나서 나는 한적한 뮤라 대로로 진입했다. 나는 빨간 신호등 앞에서 멈추지 않고 지나칠 뻔 했지만, 빨간 정지 신호등을 지켜야만하는 쾌감을 느꼈다. 나는 여름 저녁에 바닷가를 산책하는 사람이 무사태평한 걸음걸이로 가듯이 느린 속도로 운전을 했다. 빨간불은 신비스럽고 친근한 표시로 나에게 다가왔다.

나는 가로등 그림자가 드리워진 블로뉴 숲의 나뭇잎새들 아래로 쭉 뻗어 있는 거리의 반대쪽 건물 앞에 차를 멈췄다. 까만 철재로 된 현관의 두 유리문에는 불이 켜져 있었다. 그리고 맨 위층의 창문에도 불이 켜져 있었다. 그 창문은 활짝 열려 있었고, 발코니에 몇몇 사람이 서 있는 것이 보였다. 음악 소리와 사람들이 대화를 주고받는 소리도 들려왔다. 많은 차들이 그 건물 앞에 주차했는데, 내가 보기에는 그곳을 드나드는 사람들은 모두 맨 위층으로 올라가는 것 같았다. 한순간 누군가가 발코니에서 몸을 숙이고 건물 안으로 막 들어가려고 하는 두 사람을 불렀다. 그 목소리의 주인공은 여자였다. 그녀는 두 사람에게 층수를 알려주었다. 그 목소리가 쟈클린의 음성이 아니었든지 아니면 내가 그녀의 음성을 알아듣지 못했든지, 하여튼 쟈클린은 아닌 것 같았다.

나는 그 자리에서 그냥 지켜보지 않고 올라가 보기로 마음먹었다. 만약 쟈클린이 손님을 맞이하고 있다면, 15년 동안 소식을 몰랐던 사람이 갑자기 그녀 집으로 들어오는 것을 바라보게 될 그녀의 태도가 어떻든지 나는 상관하지 않을 것이다.

우리는 아주 짧은 동안 알고 지냈었다. 그 기간은 서너 달이었다. 그것은 15년에 비하면 아주 짧은 기간이었다. 그러나 그녀는 분명 우리가 지낸 그 시절을 잊지 않았을 것이다. 마치 헤드라이트의 불빛이 시야 밖의 사물들을 칠흑 같은 어둠 속에 묻어버리는 것처럼 그녀의 현재 삶이 그 시절을 지워버리지만 않았다면.

나는 다른 손님들이 도착하기를 기다렸다. 이번에 온 손님은 세 명이었다. 그 중 한 사람은 맨 위층의 발코니를 향해 손을 흔들었다. 나는 건물 안으로 들어오는 그들과 마주쳤다. 한 여자와 두 남자였다. 나는 그들에게 인사를 했고 그들은 아무런 의심도 하지 않았다. 나도 그들과 마찬가지로 맨 위층에 초대된 손님이라는 것을.

우리는 승강기를 탔다. 두 남자는 이국적인 억양이 섞인 말투로 말했지만 여자는 프랑스인이었다. 그들은 나보다 약간 나이가 많아보였다.

나는 미소를 지으려고 애쓰며 여자에게 말했다.

"기분 좋은 모임이 되겠죠?"

그녀 역시 미소를 지으며 내게 물었다.

"당신은 다리우스의 친구인가요?"

"아니요. 나는 쟈클린의 친구예요."

그녀는 내 말을 이해하지 못하는 것 같았다.

"나는 쟈클린을 만난 지 오래되었어요. 그녀는 잘 지내고 있겠죠?"

내 말에 그 여자는 인상을 찡그렸다.

"나는 그 여자를 잘 몰라요."

그리고 나서 그녀는 두 남자와 영어로 몇 마디를 주고받았다. 승강기가 멈췄다.

두 남자 중 한 사람이 문앞에서 초인종을 눌렀다. 내 손은 땀으로 축축해졌다. 문이 열렸고 집안에는 사람들 사이에 오가는 대화의 웅성거림과 음악 소리가 들려왔다. 까만 머리카락을 뒤로 넘겨 빗고 해쓱한 얼굴빛을 띠고 있던 한 남자가 우리에게 미소를 지었다. 그는 베이지색 양복을 입고 있었다.

나와 함께 승강기를 탔던 여자가 그에게 다가가 양볼에 입맞춤을 했다.

"다리우스, 안녕하세요?"

"네, 당신도 안녕하시죠?"

그는 부드러운 억양으로 말했는데, 목소리가 가라앉아 있었다. 두 남자도 여자처럼 '다리우스, 안녕하세요'라고 인사했다. 나는 그에게 아무 말도 하지 않은 채 악수를 했지만 그는 내가 온 것에 대해 놀라는 것 같지 않았다.

그는 현관을 지나 우리를 안내했고, 우리는 창문을 열어놓은 거실로 들어갔다. 손님들이 삼삼오오 떼를 지어서 여기저기 서 있었다. 나와 같이 승강기를 타고 올라온 세 사람은 다리우스와 함께 발코니 쪽으로 걸음을 옮겼다. 나는 바로 그들 뒤를 따라

갔다. 그들은 발코니 가장자리에 있던 한 커플과 만나 대화를 나누기 시작했다. 나는 조금 뒤로 물러 서 있었다. 그들은 나의 존재를 잊어버렸다.

나는 거실 한구석에 떨어져 혼자 소파 가장자리에 앉았다. 소파의 다른 한쪽에서는 두 사람이 서로 어깨를 기댄 채 작은 목소리로 얘기하고 있었다. 아무도 나에게 아주 작은 관심조차 보이지 않았다. 나는 약 스무 명 정도가 모인 이 모임 가운데에서 쟈클린을 찾고 싶었다.

나는 베이지색 양복을 입고 호리호리한 모습으로 발코니 입구에 서 있는 다리우스라는 사람을 관찰하고 있었다. 나는 그가 대략 마흔 살쯤 됐다고 생각했다. 저 다리우스라는 사람이 쟈클린의 남편이 될 수 있을까? 웅성거리는 대화 소리는 발코니로부터 들려오는 듯한 음악 소리에 차단되어 들리지 않았다. 나는 여인들의 얼굴을 하나하나 차례대로 뚫어져라 쳐다보았지만 쟈클린을 찾지 못했다. 층수를 잘못 안 것이다. 나는 그녀가 이 건물에 살고 있다는 것조차도 확신할 수 없었다.

이제 다리우스는 매우 우아한 금발 여인과 함께 나에게서 몇 미터 떨어진 거실 가운데 앉아 있었다. 그 금발 여인은 그의 얘기를 주의 깊게 들으며 간간이 웃곤 했다. 나는 그가 어느 나라 말로 말하고 있는지 알고 싶어서 귀를 기울였지만 음악 소리 때문에 그의 목소리는 잘 들리지 않았다. 나는 왜 이 다리우스라는 사람 가까이 다가가 쟈클린이 어디 있는지 묻지 못하는 걸까? 그렇다면 그는 굵고 예의바른 어조로 나에게 비밀 아닌 비밀을 알려줄 텐데. 그가 쟈클린을 알고 있는지, 쟈클린이 그의 부인인지, 아니면 그녀가 몇 층에 살고 있는지에 대해서 말이다. 그것은 매우 간단한 일이었다. 그는 나와 마주 대하게 되었다. 그는 금발 여인이 하는 이야기를 듣고 있었는데, 그의 시선은 우연히 나와 마주치게 되었다. 처음에 나는 그가 나를 바라보고 있지 않다고 생각했다. 그는 내게 친근하게 손짓했다. 그는 내가 소파에 앉아 아무와도 말하지 않은 채 혼자 있는 것을 보고 놀라는 것 같았지만, 나의 기분은 처음 이 집에 들어섰을 때보다 훨씬 안정되었다. 그래서인지 15년 전의 추억이 갑자기 떠올랐다.

쟈클린과 나는 저녁 다섯 시쯤에 차링 크로스 역을 지나 런던에 도착하였다. 우리는 우연히 안내서에 적혀 있던 호텔을 찾았고, 그 호텔로 가기 위해 택시를 탔다. 그때 우리는 둘다 런던 지리를 잘 알지 못했다. 택시가 몰(역주 : 런던 세인트제임스 공원에 있는 나무가 울창한 산책길) 쪽으로 들어갔을 때, 그리고 나무가 우거진 거리가 내 앞에 펼쳐지고 있었을 때, 마치 무거운 짐이나 수갑 또는 내가 벗어버릴 수 있다고 상상조차 하지 못했던 갑옷처럼 느껴지던 내 인생의 20년 세월은 희미한 옛 추억으로 멀어졌다. 이제 그 시절은 완전히 청산되어 아무것도 남지 않게 되었다. 그리고 그날 저녁 내가 맛보았던 순간적인 도취가 바로 행복이었다면, 나는 내 인생에서 처음으로 행복을 느낀 것이다.

밤이 되자 우리는 에니스모어 가든 쪽을 향해 발길 닿는대로 산책했다. 우리는 그 정원을 둘러싼 철책 울타리를 따라 아무 생각없이 거닐었다. 웃음소리와 음악 소리, 사람들이 떠드는 소리가 여러 집들 중 한 집의 제일 윗층에서 들려오고 있었다. 창문들은 활짝 열려 있었고 불빛 아래 모인 사람들의 모습이 뚜렷하게 보였다. 우리는 공원의 울타리에 기댄 채 잠시 서 있었다. 발코니 가장자리에 앉아 있던 손님들 중 한 사람이 우리를 알아보고는 올라오라고 손짓했다.

여름이 다가오는 대도시에서 오랫동안 서로 만나보지 못했던 사람들, 서로 잘 알지 못했던 사람들이 테라스에 모여 저녁 한 때를 보내다가 또다시 헤어진다. 그러면 정말 아무런 의미도 남지 않는다.

다리우스가 내게로 다가와서 웃으며 말을 건넸다.

"당신과 같이 온 친구들은 어디 갔지요?"

나는 잠시 동안 그가 누구를 가리키는 것인지 이해하지 못했다. 승강기를 같이 타고 왔던 세 사람을 말하는 것인지 깨닫는 데 시간이 좀 걸렸다.

"그 사람들은 사실 내 친구들이 아닙니다."

그러나 나는 곧바로 내가 한 말을 후회했다. 그렇다면 당신은 어떻게 왔냐고 그가 물어볼 수 있었기 때문이었다.

"나는 그들과 사귄 지 오래되지 않았어요. 그들이 나를 당신 집으로 데리고 왔지요."

그는 다시 미소를 지었다.

"내 친구들과 지내는 사람들도 다 나의 친구나 마찬가지죠."

그러나 그는 여전히 내가 누구인지 모르고 있었기 때문에 그가 당황할 거라고 나는 생각했다. 그를 안심시키려고 나는 가능한 한 상냥한 목소리로 말했다.

"당신은 이처럼 즐거운 파티를 자주 여시나요?"

"예, 8월이 되면 언제나 파티를 열지요. 그리고 내 아내가 없을 때면 언제나."

대부분의 손님들은 발코니에서 거실로 나왔다. 그 손님들 모두가 어떻게 발코니에 서 있을 수 있었을까?

"나는 아내가 집에 없을 때면 무척 외로움을 느껴요."

나는 그의 얼굴에서 우수에 찬 표정을 읽을 수 있었다. 그는 계속 나에게 미소를 보냈다. 바로 그때 부인 이름이 쟈클린인지 물어볼 수도 있었지만, 아직 위험을 무릅쓰고 그렇게 할 자신이 없었다.

"그럼, 당신은 파리에 사시나요?"

그는 틀림없이 이같은 질문을 나에게 예의상 던졌을 것이다. 어쨌든 나는 그의 집에 온 손님이었고, 그는 내가 다른 사람들과 떨어져 소파에 혼자 있는 것을 바라지 않았던 것이다.

"예, 그러나 파리에서 계속 살게 될지는 모르겠어요."

나는 갑자기 그에게 모든 것을 털어놓고 싶었다. 거의 3개월 동안 나는 누구와도 말하지 않고 지냈던 것이다.

"펜 한 자루와 종이 한 장만 있으면 어디서든지 나의 능력을 발휘할 수 있어요."

"당신은 작가인가요?"

"나 같은 사람도 작가라고 부를 수 있다면…."

그는 내가 쓴 책들의 제목을 알려달라고 했다. 아마도 그는 내 책들 가운데 한 권 정도는 읽었을 것이다.

"나는 내 자신을 작가라고 말할 순 없어요."

"글을 쓴다는 것은 매우 흥미있는 일이죠, 아닌가요?"

그는 이런 진지한 주제에 대해 단둘이 대화하는 데 익숙해 있지 않았을 것이다.

"내가 얘기하느라고 오랫동안 당신을 붙잡고 있었죠? 나 때문에 손님들이 심심해 하는 것 같군요."

거실과 발코니에 거의 아무도 남아 있지 않았다.

그러나 그는 웃으며 말했다.

"천만에요. 그들은 모두 테라스로 올라갔어요."

몇 사람은 아직 거실에 남아 반대편 쪽에 있는 소파에 앉아 있었는데, 그 하얀 소파는 내가 앉아 있는 소파와 비슷한 모양이었다.

"나는 당신을 알게 되어 매우 기뻐요."

그는 내게 이렇게 말하고는 다른 사람들이 있는 곳으로 갔는데, 특히 그들 중에 그가 조금 전에 함께 이야기했던 금발의 여인과 승강기에서 만난 블레이저 코트를 입은 남자에게로 가까이 다가갔다.

"파티에 음악이 빠진 것 같다고 생각하지 않아요? 내가 레코드판을 틀어보겠어요."

그는 아주 큰 목소리로 마치 자기가 맡은 역할이 좌중의 흥을 돋구는 사람인 것처럼 말했다.

그가 옆방으로 가자 잠시 후 한 여가수의 목소리가 실내에 높이 울려퍼졌다. 그는 다른 사람들과 함께 소파에 앉았는데 벌써 나를 잊어버린 것 같았다.

나는 떠날 시간이 되었지만 웅성거리며 말하는 소리와 테라스에서 나는 웃음소리, 다리우스와 그의 친구들이 소파에 앉아 터뜨리는 큰 소리에 귀를 기울이지 않을 수 없었다. 그들이 서로 주고받는 말이 잘 들리지는 않았지만 나는 노래를 들으며 내 마음이 안정을 찾도록 가만히 있었다.

초인종 소리가 들렸다. 다리우스가 일어나 현관 쪽으로 가면서 내게 미소를 보냈다. 다른 사람들은 그들끼리 계속 말하고 있었고, 토의에 열중하며 말하던 블래이저 코트를 입은 남자는 무엇인가를 사람들에게 이해시키려고 애쓰는 것처럼 제스처를 써가며 떠들고 있었다.

현관에서 여러 사람들의 목소리가 들려왔다. 그리고 그 목소리는 점차 가깝게 들려왔다. 다리우스의 음성과 한 여자의 강한 억양이 섞여 있는 음성이었다. 나는 뒤를 돌아보았다. 다리우스가 한 커플과 함께 있었는데, 세 사람 모두 거실 입구에 서 있었다. 남자는 키가 크고 까만 머리카락에 흰색 양복을 입고 있었다. 그는 표정이 아주 무거웠는데 푸른 두 눈동자가 매우 인상적이었다. 여자는 양 어깨를 드러낸 노란색 여름 원피스를 입고 있었다.

"우리가 너무 늦게 왔군요. 다른 손님들은 다 갔나봐요."

그는 약간 이국적인 억양으로 말했다.

"천만에요. 저 위에서 당신들을 기다리고 있어요."

다리우스가 그들 가운데에서 팔짱을 낀 채 말했다.

나는 여자를 약간 비스듬히 바라보고 있었는데, 그녀가 몸을 뒤로 돌리자 나는 그만 흥분하기 시작했다. 나는 쟈클린을 알아보았다. 그들은 내 앞으로 다가오고 있었다. 나는 마치 로봇처럼 벌떡 일어났다.

다리우스는 나에게 그들을 소개했다.

"조르쥬와 테레사 캐슬리예요."

나는 그들에게 고개를 가볍게 숙이며 인사했다. 나는 테레사 캐슬리라고 불리는 여자를 똑바로 쳐다보았지만 그녀는 눈썹하나 까딱하지 않았다. 겉으로 보기에 그녀는 나를 알아보지 못한 듯했다. 다리우스는 그들에게 내 이름을 소개할 수 없어서 난처해 하는 것처럼 보였다.

"이분들은 아래층에 사는 이웃이죠. 나는 이분들이 와 주셔서 매우 기뻐요. 아마 시끄러워서 잠을 이루지 못했을 거예요."

다리우스가 내게 말했다.

"잠을 벌써 자나요?. 잠을 자기에는 아직 너무 이르죠. 아직도 초저녁인데요."

조르쥬 캐슬리는 어깨를 으쓱거리며 말했다.

나는 쟈클린과 시선을 마주치려고 애썼다. 그녀의 눈은 공허한 느낌을 주었다. 그녀는 나를 바라보지 않았든지, 아니면 일부러 나를 모르는 체 하고 있는 것이 틀림없었다. 다리우스는 이 부부를 다른 사람들이 앉아 있는 거실 한끝에 있는 소파로 안내하고 있었다. 블래이저 코트를 입은 남자가 테레사 캐슬리에게 인사하려고 자리에서 일어났다. 대화가 다시 시작되었다. 캐슬리는 매우 수다스러운 사람이었다. 쟈클린은 화가 났는지 지루한 표정을 지으며 약간 뒤로 물러 서 있었다. 나는 그녀 곁으로 걸어가고 싶었다. 그리고, 그녀와 단둘이 있고 싶었고, 그녀에게 작은 목소리로 말하고 싶었다.

"안녕, 쟈클린."

그러나 나는 단테 카페 또는 15년 전에 머물렀던 투르넬 강변로에 있던 호텔과 블로뉴 숲을 향해 열려 있던 유리창문이 있는 그 호텔의 살롱 사이에 존재할 가능성이 있는 아리안의 실(역주:길을 인도하는 줄 또는 길잡이)을 찾으려고 넋을 잃고 있었다. 하지만 어떤 실도 찾지 못했다. 나는 신기루의 희생자가 되었다. 그렇지만 우리가 미로의 길을 잘 생각해 보면 이와 같은 장소들은 한 도시 안에서 서로 가까운 거리에 위치하고 있었다. 나는 단테 카페까지 가는 가장 짧은 길을 생각하려고 노력했다. 바로 파리 외곽순환도로를 따라 센 강의 좌안지구로 돌아와서 오를레앙 시문을 따라 생미셸 대로를 향해 똑바로 직진하는 것이다. 8월의 지금 같은 시간이면 약 15분 정도에 충분히 도착할 수 있다.

블래이저 코트를 입은 남자는 여전히 그녀에게 말하고 있고, 그녀는 그의 말을 멍하니 듣고 있었다. 그녀는 소파의 팔걸이 위에 앉아 담배에 불을 붙였다. 나는 그녀의 옆모습을 바라보고 있었다. 머리카락을 어떻게 한 거지? 15년 전에 그녀의 머리카락은 허리까지 흘러내렸지만 지금은 어깨보다 약간 위에 닿을 정도였다. 그녀는 담배를 피우고 있었지만 기침은 하지 않았다.

"당신도 우리와 함께 올라가실래요?"
다리우스가 내게 물었다.
그는 소파에 앉아 있는 사람들을 그대로 두고 조르쥬와 테레사 캐슬리만을 데리고 갔다. 테레사라구? 왜 그녀는 이름을 바꿨을까? 그들은 발코니를 향해 내 앞에서 가고 있었다.
"바로 난간 계단만 올라가면 돼요."
다리우스가 우리에게 발코니 끝에 있는 시멘트 계단을 가리키면서 말했다.
"자, 선장님 이제 어디로 항해하실 겁니까?"

다리우스의 어깨를 치면서 캐슬리가 물었다.

테레사 캐슬리와 나는 나란히 다리우스 뒤에 있었다. 그녀는 내게 미소를 지었다. 그러나 그것은 잘 모르는 사람에게 예의상 보내는 그런 미소였다.

"당신은 저 위에 올라가본 적이 있나요?"

그녀가 내게 물었다.

"아니요. 이번이 처음이에요."

"저 위에서 바라보면 경치가 매우 아름다울거예요."

나는 그녀가 평범하고 냉정한 어조로 이런 말을 하는 동안 그녀가 말을 건넨 사람이 나라는 사실조차도 모르고 있었다.

테라스는 굉장히 넓었다. 대부분의 손님들은 베이지색 천으로 된 의자에 앉아 있었다.

다리우스는 지나가는 도중 몇 사람이 모여 있는 자리 앞에서 멈췄다. 그들은 원을 그리며 둘러앉아 있었다. 나는 나의 존재를 잊어버린 듯한 캐슬리와 그의 부인을 뒤따르고 있었다. 그들은 테라스 가장자리에 있던 다른 커플과 마주쳤고, 난간에 기댄 채 서서 대화를 나누기 시작했다. 캐슬리와 다른 두 사람은 영어로 말하고 있었다. 가끔씩 그녀는 알아들은 말을 불어로 대답하고 있었다. 나도 테라스의 난간에 팔꿈치를 기대려고 그들 옆으로 갔다. 그녀는 바로 내 뒤에 있었다. 나머지 세 사람들은 영어로 계속 말하고 있었다. 여가수의 목소리는 대화의 웅성거리는 소리를 들리지 않게 했다. 나는 노래의 후렴구를 들을 때 휘파람을 불기 시작했다. 그녀는 몸을 뒤로 돌렸다.

"죄송합니다."

내가 그녀에게 말했다.

"괜찮아요."

그녀는 조금 전에 나에게 지었던 공허한 미소를 또다시 보냈다. 그리고는 그녀가 침묵을 지켰기 때문에 나는 다른 말을 덧붙여야만 했다.

"정말 즐거운 파티군요."

캐슬리와 다른 두 사람 사이에 오고가는 대화는 점점 더 열기를 띠고 있었다. 캐슬리는 약간 콧소리가 섞인 음성이었다.

"무엇보다 유쾌한 것은 바로 블로뉴 숲에서 불어오는 신선한 바람이지요."

하고 나는 그녀에게 말했다.

"맞아요."

그녀는 담뱃갑을 꺼냈고 한 개비를 뽑아서 나에게 내밀었다.

"됐어요. 나는 담배를 피우지 않아요."

"담배 피우지 않기로 한 건 정말 잘하신 거예요."

그녀는 라이터로 담배에 불을 붙였다.

"나는 여러 번 담배를 끊으려고 애썼지요. 그러나 성공하지 못했어요."

그녀가 나에게 말했다.

"그런데 담배를 피우면 기침이 나지 않나요?"

그녀는 나의 질문에 놀란 표정을 지었다.

"나는 담배를 끊었어요. 담배를 피우면 기침을 하게 되기 때문이죠."

그녀는 반응을 보이지 않았다. 정말로 그녀는 나를 알아보지 못하는 것 같았다.

"파리 외곽순환도로에서 나는 소음은 참 시끄러워요."

나는 그녀에게 말했다.

"그래요? 우리 집에서는 소음이 들리지 않아요. 나는 4층에 살고 있거든요."

"그래도 파리 외곽순환도로는 나름대로 편리한 점이 있지요. 조금 전에 센 강변에서 여기까지 도착하는 데 겨우 10분밖에 걸리지 않았어요."

그러나 내가 그녀에게 던진 말들은 그녀의 관심을 끌지 못했다. 그녀는 내게 조금 전과 같은 냉정한 미소를 보냈다.

"당신은 다리우스의 친구시죠?"

그녀는 조금 전 승강기에서 만난 여자가 물었던 것과 똑같은 질문을 했다.

"아니예요. 저는 다리우스가 알고 지내는 여자의 친구죠. 쟈클린이라고…."

나는 쟈클린의 시선과 마주치는 것을 피했다. 나는 저 아래 나무 밑에 있는 가로등 중 한 곳에 시선을 고정시키고 있었다.

"나는 그의 여자친구를 몰라요."

"여름 내내 파리에 계실 건가요?"

그녀의 말이 끝나자마자 다시 물었다.

"나는 다음 주에 남편과 함께 마요르카 섬으로 떠날 예정이에요."

지난 겨울의 어느 오후, 나는 생미셸 광장에서 그녀와의 첫 만남을 떠올렸고, 그녀가 가지고 있던 편지의 봉투에 적힌 '마요르카'라는 지명을 보았던 것을 생각해냈다.

"당신 남편은 탐정소설을 쓰지 않나요?"

내 말에 그녀는 웃음을 터뜨렸다. 그녀의 웃음은 생소한 느낌이 들었다. 왜냐하면 쟈클린은 그렇게 웃은 적이 없었기 때문이다.

"왜 당신은 내 남편이 탐정소설을 쓸 거라고 생각하지요?"

15년 전에 그녀는 나에게 탐정소설을 쓰고 있는 한 미국인이 우리가 마요르카 섬으로 떠나는 것을 도와줄 수 있다고 말한 적이 있었다. 그는 맥 지번이라는 미국 작가였다. 나중에 나는 맥 지번이라는 작가가 쓴 작품을 발견했는데, 그가 쟈클린을 알고 있는지, 그녀의 소식을 들었는지 묻기 위해 그를 찾아볼까 생각했었다.

"나는 맥 지번이라는 사람을 스페인에 살고 있는 또 다른 사람과 혼동했어요. 윌리엄 맥 지번이라고…."

그녀는 처음으로 나의 눈을 똑바로 쳐다보았고, 그녀의 미소 속에 말없이 기다렸던 나의 생각이 이루어지는 것을 느꼈다.

"그럼 당신은 파리에 사시나요?"

그녀가 나에게 물었다.

"지금은 그래요. 앞으로도 파리에 계속 살게 될지는 잘 모르겠지만."

우리 뒤에 있던 다리우스는 사람들이 많이 모인 곳에서 계속 콧소리가 섞인 음성으로 말하고 있었다.

"나는 어디서나 할 수 있는 직업에 종사하고 있어요. 책을 쓴답니다."

라고 나는 말했다.

다시 상냥한 웃음을 띠며 냉정한 목소리로 그녀는 물었다.

"아, 그러세요? 참 흥미있는 직업이군요. 당신의 책을 한번 읽어보고 싶어요."

"나는 당신이 내 책을 읽으면서 마음에 들어하지 않으면 어쩔까 걱정이 되는데요."

"천만에요. 다음에 다리우스 집에 오시는 날, 내게 책을 가져다주세요."

"기꺼이 갖다드리죠."

캐슬리는 나에게 시선을 돌렸다. 그는 틀림없이 내가 누구인지, 왜 내가 자기 부인과 대화를 주고받는지 생각하고 있었을 것이다. 그는 자기 부인 곁으로 다가와 그녀의 어깨를 팔로 감싸주었다. 그녀의 아름다운 푸른 눈동자는 나의 시선에서 떠나지 않고 있었다.

"이분은 다리우스의 친구이며 책을 쓰신답니다."

나는 내 자신을 소개할 수는 있었지만 내 이름을 말하는 것은 항상 어색하게 느껴졌다.

"나는 다리우스가 작가 친구를 둔 것을 모르고 있었어요."

그는 내게 미소를 지었다. 그는 우리보다 약 열 살 정도 더 나이가 들어보였다. 그녀는 남편을 어디에서 만났을까? 아마 런던에서 만났을 것이다. 그녀는 나와 연락을 완전히 끊은 다음에도 틀림없이 런던에 남아 있었다.

"이분은 당신도 글을 쓰는 사람이라고 생각하고 있어요."

그녀는 남편에게 말했다.

캐슬리는 큰소리로 웃으며 몸을 움직였다. 그리고 나서 그는 조금 전처럼 가슴을 반듯하게 펴고 얼굴을 똑바로 쳐들었다.

"정말 그렇게 생각했어요? 당신한테는 내가 작가 같이 보이나요?"

나는 그 질문에 대해 생각하지 않았다. 캐슬리라는 사람의 직업에는 관심이 없었던 것이다. 나는 그가 쟈클린의 남편이라고 아무리 생각해 보아도, 테라스에 모인 사람들 가운데 두드러지게 뛰어난 사람처럼 보이지는 않았다. 쟈클린과 나는 영화 촬영장에서 연기하는 배우들 사이에 끼어 있는 것 같았다. 그녀는 자기가 맡은 역을 알고 있는 척했지만, 나는 내 자신을 감추고 변신하는 것에 성공하지 못했다. 곧바로 사람들은 내가 불청객이었다는 것을 알게 될 것이었다. 나는 벙어리처럼 말을 잃고 있었고, 캐슬리는 나의 얼굴을 뚫어지게 쳐다보고 있었다. 나는 무슨 수를 써서라도 그 순간을 모면할 대답을 찾아야만 했다.

"나는 스페인에 살고 있는 미국 작가인 윌리엄 맥 지번과 당신을 혼동했어요."

그렇게 말함으로써 나는 약간의 시간적인 여유를 갖게 되었다. 그러나 그 시간은 충분하지 않았다. 내가 여전히 다른 대답들을 찾거나 주의를 끌지 않기 위해 자연스럽고 소탈하게 대답을 찾는다는 것은 위험한 일이었다. 나는 현기증을 느꼈고 기절할 것 같아 두려웠다. 나는 식은땀을 흘리기 시작했다. 조명등의 강렬한 불빛, 사람들의 웅성거림, 그리고 웃음소리가 없더라도 밤이 나를 숨막히게 할 것처럼 느껴졌다.

"당신은 스페인에 대해 잘 아시나요?"

캐슬리가 나에게 물었다.

쟈클린은 두 번째 담배에 불을 붙였고 계속 냉정한 시선으로 나를 쳐다보고 있었다. 나는 힘들게 말했다.

"아니요. 전혀 몰라요."

"마요르카 섬에 별장을 하나 가지고 있어서, 우리는 1년 중에 3개월 이상을 그곳에서 보내요."

그리고 대화가 테라스에서 몇 시간 동안 계속되었다. 마치 그녀와 내가 그 시절을 헛되이 보냈던 것처럼, 또한 우리가 더 이상 과거에 대해서 아주 작은 암시조차도 할 수 없는 것처럼 공허한 말들과 무의미한 문장들을 주고받았다. 그녀는 이와 같은 연극을 하면서 아주 태연했다. 그러나 나는 그녀에게 서운한 감정을 느끼지 않았다. 나도 역시 내 인생의 전부를 조금씩 잊어 가고 있었다. 내 삶을 가리고 있던 벽 전체가 무너져 내릴 때마다 나는 새로운 기분을 느꼈다.

　"마요르카 섬에서는 일 년 중 언제가 가장 좋은가요?"

　나는 캐슬리에게 물었다. 이제 나는 기분이 좋아지는 것을 느꼈다. 바람은 더 선선하게 불고 있었고, 우리 주변에 있는 손님들은 덜 시끄러웠으며, 여가수의 목소리도 더욱 부드럽게 들려왔다.

　캐슬리는 어깨를 으쓱거리며 말했다.

　"마요르카 섬의 사계절은 나름대로 다 아름답지요."

　나는 그녀에게로 몸을 돌렸다.

　"당신도 그렇게 생각하나요?"

　그녀는 내 생각이 그녀의 마음과 통했다는 느낌을 받았던 조금 전과 똑같은 미소를 지었다.

　"나도 남편과 똑같은 생각이에요."

　나는 그녀의 말을 듣고 다시 현기증에 사로잡힌 채 말했다.

　"참 신기한 일이군요. 당신은 담배 피울 때 더이상 기침을 하지 않네요."

　캐슬리는 내가 한 말을 듣지 못했다. 누군가가 그의 등을 툭 쳐서 몸을 뒤로 돌렸기 때문이었다.

"기침을 멈추게 하기 위해 에테르 향기를 더이상 맡으실 필요도 없겠네요."

나는 사교적인 대화를 하는 투로 이렇게 말했다. 그녀는 놀란 시선을 나에게 던졌다. 그러나 그녀는 여전히 냉정함을 잃지 않고 있었다. 캐슬리는 자기 옆에 있는 사람과 대화를 나누고 있었다.

"나는 당신의 말을 잘 이해하지 못하겠어요."

이제 그녀의 시선은 아무런 느낌도 나타내지 않았으며 내 시선을 피하고 있었다. 나는 놀라서 잠을 깬 사람처럼 심하게 머리를 흔들었다.

"죄송합니다. 나는 내가 지금 쓰고 있는 책을 생각하고 있었어요."

"탐정소설인가요?"

그녀는 내게 방심한 듯하면서도 예의바른 어조로 물었다.

"정확하게 말해 탐정소설은 아니지요."

내 말은 그녀에게 아무런 영향도 주지 못했다. 그녀의 표정은 잔잔한 호수처럼 평온하게 남아 있었다. 그것은 15년이 지난 후 구멍을 뚫기에는 불가능한 거대한 빙산 더미처럼 느껴졌다.

"집으로 돌아갈까?"

캐슬리가 팔로 그녀의 어깨를 감싸며 말했다. 그의 몸은 너무 건장해서 그의 옆에 서 있는 쟈클린의 모습은 몹시 가냘퍼 보였다.

"저도 집에 가겠어요."

나도 말했다.

"다리우스에게 작별인사를 해야지요."

우리는 테라스에 모여 있는 손님들 가운데에서 그를 찾다가 결국 찾지 못하고 거실로 내려왔다. 거실 한구석에서는 네 사람이 말없이 카드놀이를 하고 있었는데 다리우스는 그들 사이에 있었다.

"결국엔 포커 게임이 제일 흥미진진하지."

그는 다리우스와 악수를 했다. 다리우스는 일어나서 쟈클린의 손에 입맞춤을 했다. 내가 인사할 차례가 되어 나도 다리우스와 악수를 했다.

"언제든지 놀러 오세요. 문은 항상 열려 있어요."

계단 중간에서 나는 승강기를 타려고 기다렸다.

"이제 당신과 작별을 해야겠군요. 우리는 바로 아래층에 살아요."

캐슬리가 내게 말했다.

"아까 차에 손가방을 놓고 내렸어요. 잠깐 내려갔다 올게요. 잠시 후 돌아올거예요."

그녀는 그에게 이렇게 말했다.

"그럼 다음에 만납시다. 당신과 알게 되어 기쁘군요."

맥없이 손을 흔들며 캐슬리가 말했다. 그는 계단을 내려갔다. 곧이어 문이 쾅 닫히는 소리가 들렸다.

우리는 단둘이서 승강기에 있었다. 그녀는 나를 향해 고개를 들었다.

"내 차는 작은 공원 가까이에 있어요. 여기서는 약간 먼 거리예요."

"알고 있어요."

그녀는 눈을 크게 뜨고 나를 쳐다보았다.

"어떻게 알지요? 당신은 나를 감시하고 있었나요?"

"오늘 오후에 차에서 나오는 당신을 우연히 보게 되었어요."

승강기는 멈추었고, 문이 살며시 열렸지만 그녀는 움직이지 않고 있었다. 그녀는 약간 꼬리가 올라간 눈으로 나를 쳐다보고 있었다.

"너는 정말 변하지 않았어."

그녀는 내게 말했다. 문은 쇳소리를 내며 다시 닫혔다. 그녀는 마치 승강기 안에 달려 있는 전구로부터 흘러나오는 빛을 피하려는 것처럼 고개를 숙였다.

"그럼 나는, 네 생각엔 내가 변한 것 같니?"

그녀는 조금 전 테라스에서 들었던 것 같은 목소리가 아닌 옛날처럼 약간 쉰 듯하며 허스키한 음성으로 물었다.

"아니, 머리카락과 이름을 제외하면 너는 하나도 변하지 않았어."

거리는 나뭇잎들이 바람에 살랑거리는 소리가 들려올 정도로 조용했다.

"너, 이 지역을 잘 알고 있니?"

그녀가 내게 물었다.

"응, 잘 알고 있어."

그렇지만 나는 이 근처 이외에는 잘 알지 못했다. 지금 그녀는 나와 거닐고 있으며, 나는 이 거리에 처음으로 온 듯한 느낌이다. 그러나 나는 꿈꾸고 있는 것이 아니었다. 차는 나무 밑에 그대로 있었다. 나는 자동차를 손으로 가리켰다.

"렌터카 회사에서 빌렸어. 아직 초보운전이라서 운전이 서투른 편이야."

"충분히 짐작할 수 있어."

그녀는 나의 팔짱을 끼었다. 그리고 멈춰 서서 나에게 미소를 보였다.

"내가 알기로 너는 브레이크와 액셀러레이터를 혼동했을지도 몰라."

그녀를 15년 동안이나 보지 못했으며 그녀의 삶에 대해서 아무것도 모르고 있었지만, 나는 왠지 그녀를 잘 알고 있다는 느낌이 들었다. 내가 지금까지 마주쳤던 사람들 가운데 그녀의 모습은 내 마음 속에 가장 생생하게 남아 있다. 그녀와 팔짱을 끼고 걸어가고 있는 동안 나는 우리가 어제 헤어진 것처럼 생각하게 되었다.

우리는 작은 공원으로 되돌아왔다.

"내가 운전해서 너를 데려다 주는 게 더 나을 것 같아."

"나는 좋지만, 네 남편이 기다릴 텐데…."

나는 겨우 이렇게 말했지만 그것은 마음에 없는 빈말이었다.

"아니, 그는 벌써 잠이 들었을 거야."

우리는 차 안에 나란히 앉았다.

"넌 어디 살고 있니?"

"별로 멀지 않은 곳이야. 파시 강변로에 있는 호텔에 있어."

그녀는 마이오 시문 방향으로 가며 쉬쉐 대로를 달리고 있었다. 그 길은 호텔로 가는 방향이 아니었다.

"만약 우리가 15년마다 만난다면 다음에는 네가 나를 알아보

지 못할 수도 있을 거야."

그때쯤이면 우리는 몇 살이 될까? 쉰 살이 될 거다. 그러나 그 나이는 내게 무척 이상하게 느껴졌기 때문에 나는 혼자 중얼거리지 않을 수 없었다.

"오십이라구…."

그녀는 상체를 약간 반듯하게 세우고, 머리를 똑바로 든 채 운전하고 있었는데 신호등 앞에서는 속도를 늦추었다. 우리 주위의 모든 것은 고요하기만 했다. 바람에 살랑거리는 나무들을 제외하고는….

우리는 블로뉴 숲으로 들어갔다. 그녀는 마이오 시문과 아클리마파시옹 사이를 정기적으로 왕복하는 소형 기차가 출발하는 매표소에서 가까운 나무 밑에 차를 멈췄다. 우리는 오솔길 가장자리에서 그늘이 진 곳으로 갔으며 우리 앞에 서 있는 가로등은 밝은 불빛으로 작은 역과 한산한 플랫폼 그리고 정거장에 서 있는 소형 기차들을 비추고 있었다.

그녀는 내가 그녀 옆에 살아 있다는 것이 다행이라는 듯 내 볼을 어루만졌다.

"조금 전에 참 이상했어. 위층의 그 집에 갔을 때, 그리고 그 집의 거실에 있는 너를 보았을 때…."

나는 그녀가 나의 목에 입맞춤하는 것을 느꼈다. 나는 그녀의 머리카락을 쓰다듬어주었다. 머리카락은 옛날만큼 길진 않았지만, 정말 아무것도 변한 것이 없었다.

시간은 멈추었다. 아니, 시간은 단테 카페가 문을 닫기 직전에 우리가 만났던 저녁, 카페의 벽시계가 가리키고 있었던 그때로 되돌아갔다.

22

다음날 오후, 나는 캐슬리의 집앞에 두고 왔던 차를 찾으러 갔었다. 운전석에 앉으려는 순간 나는 햇빛이 한창 내리쬐는 길 위를 걷고 있는 다리우스를 보았다. 그는 베이지색 반바지와 빨간 폴로 셔츠를 입고 까만 선글라스를 쓰고 있었다. 나는 그에게 손짓을 했다. 그는 내가 거기에 있는 것에 대해서 전혀 놀라지 않은 듯 했다.

"무슨 더위람…. 올라가서 한잔 하시겠어요?"

나는 약속이 있다는 핑계를 대며 그의 제안을 사양했다.

"사람들은 다들 나와의 약속을 어기지요. 캐슬리 부부는 오늘 아침 마요르카 섬으로 떠났어요. 그들은 떠나기를 잘한 거예요. 파리에서 8월을 보낸다는 것은 어리석은 일이지요."

어제 그녀는 나에게 다음주에 떠날 것이라고 말했다.

그녀는 나를 혼자 남겨 두고 떠났다. 나는 그것을 예상하고 있었다.

그는 차창으로 몸을 숙였다.

"저녁 때라도 한번 더 오세요. 8월에는 서로 도울 필요가 있어요."

그의 미소에도 불구하고 나는 그의 말소리를 들으며 그에게 어떤 걱정이 있다는 것을 짐작했다.

"그러지요."

"틀림없이 오시는 거죠?"

"꼭 오겠습니다."

나는 시동을 걸었지만 그만 후진을 해버렸다. 자동차는 플라타너스에 부딪혔다. 다리우스는 유감스런 표정을 지으며 양팔을 벌렸다.

나는 오뙤이으 시문 방향으로 차를 몰았다. 나는 센 강변을 지나 호텔로 돌아가려고 생각하고 있었다. 차 뒤쪽이 상당히 손상되었을 것이고 두 타이어 중 한 개가 자동차 안쪽에 닿았을 것이다. 나는 가능한 한 천천히 운전을 했다.

나는 한산한 길과 뜨거운 열기 그리고 내 주변의 정적 때문에 이상한 기분에 사로잡히기 시작했다. 뮤라 대로를 따라 내려가는 동안 나의 불안의 이유가 드러났다. 드디어 나는 쟈클린과 함께 꿈 속에서 자주 거닐던 곳을 발견하게 된 것이다. 그렇지만 실제로 우리는 이곳을 함께 거닌 적이 한 번도 없었다. 그것은 내 인생에 있어서 또다른 세계의 체험이었다. 생클루 시문에 있는 광장에 들어서기 전, 나의 심장은 자기장(磁氣場) 가까이에 다가가는 시계추의 울림처럼 세게 고동쳤다. 나는 광장 가운

데에 있는 분수대를 다시 기억해냈다. 쟈클린과 내가 항상 거닐
던 그 교회 뒤의 오른쪽으로 꺾어진 길목이 생생하게 떠올랐지
만 오늘 오후에는 그 길을 다시 발견하지 못했다.

23

　15년의 세월이 쌓이고 또 쌓이듯이 안개 속으로 사라졌고, 테레사에 관한 소식은 더이상 듣지 못했다. 그녀가 내게 알려준 전화번호로 전화했지만, 마치 지난 여름에 마요르카 섬으로 떠났다는 테레사가 영영 돌아오지 않은 것처럼 전화를 받는 사람이 없었다.

　작년 이후 아마도 그녀는 이 세상에 이미 존재하지 않고 있는지 모르겠다. 그렇지 않으면 다음주 일요일에 그녀를 코르비자르 거리에서 우연히 만날지도 모른다. 지금은 8월, 밤 11시가 되었고 파리 근교 도시의 첫 번째 역을 지나고 있는 이 기차는 속도를 늦추었다. 네온사인이 엷은 보라빛으로 적막한 플랫폼을 비추고 있을 때 쟈클린과 나는 마요르카 섬으로 떠나기를 꿈꾸었고, 게임판 가운데의 5번 숫자를 놓고 돈을 갑절로 거는 도박을 하는 상상을 해 보곤 했다.

브르누아, 몽제롱, 아티몽 역. 이곳에서 쟈클린이 태어났다.

달리던 기차소리가 들리지 않았다. 기차는 종착역에 다다르기에 앞서 빌뇌브 생조르쥬 역에 잠시 멈추었다. 철로 옆에 인접한 파리의 거리 위에 보이는 집들은 어두운 분위기였고, 황폐한 모습이었다. 간판이 희미하게 보이는 카페, 영화관, 주차장은 여전히 예전처럼 나란히 서 있었다. 그 많은 간판들 중 하나가 가로등처럼, 특별한 이유 없이 켜져 있었다.

■ 옮긴이의 말

　파트릭 모디아노는 1945년 7월 30일 파리의 근교 도시인 블로뉴 비앙쿠르에서 태어났다. 그의 어머니 루이자 콜뻬인은 뛰어난 연극 배우였고, 아버지는 유태인이었으며 나치 점령 시대에는 가명으로 성공한 사업가였다. 부모의 별거로 우울한 어린 시절을 보냈던 작가는 10세의 어린 나이에 세상을 떠난 동생 루디에게 자신의 대다수 작품을 헌정했다.

　동생의 죽음은 작가의 유년시절에 행복한 꿈을 잃게 했다. 작가는 고독한 청년기를 맞이 했고, 글을 쓰면서 나치 점령 시대의 압박감과 혼란의 분위기에 빠졌다. 1968년, 당시의 기본 질서 개혁을 위해 역사적인 시위를 일으켰던 프랑스의 대학생들은 과거와의 단절을 시도하고 있었지만, 작가는 유태인에 대한 문제를 제기하면서, 나치 점령 시대의 문제점을 파헤치기 시작했다.

　그래서 작가는 작품 속에서 과거에 대한 회상, 헤어진 아버지에 대한 그리움, 유태인의 어려운 상황, 신분에 대한 확인과 불안 속의 허무함 등의 주제를 끊임없이 다루게 된다. 또한 모디아노의 작품 세계를 '정확한 관찰을 초월하는 시적 진실성'이라고 부아데프르는 《1900년 이후의 프랑스 소설》에서 지적 했다.

파트릭 모디아노는 한 작품마다 보통 7개월 내지 8개월의 시간을 쏟으며, 하루도 빠짐없이 자정부터 새벽 4시까지 글을 쓴다. 작가는 한 번 쓴 것을 다시 바꾸지 않고, 텍스트의 이본(異本)을 쓰지 않는다. 문장마다 결정적인 의미를 부여하기 때문에, 작가는 열두장을 한 문장으로 쓰는 경우도 있다. 소설의 연속성을 보존하기 위해서, 앞서 써놓았던 부분을 전부 다시 읽고 난 후, 계속 이어지는 글을 쓴다. (《문학적 일화 사전》 중에서)

그리고 소설의 단락이 바뀔 때마다 시간·장소·화제의 전환점을 좀더 명확하게 구분짓기 위해, 작가는 여백(2행이나 3행)을 사용한다.

작품 해설을 통해 소설의 시간적 배경과 공간적 배경에 대해 간략하게 언급하고자 한다.

작품의 의미에 대해 간단히 생각해 보면, 작가는 과거에 대한 회상 속에서 새로운 사실을 발견하려는 의도보다도, 오히려 회상 속에 또 다시 머물고 싶은 욕망에 사로잡히게 된다.

소설의 원제 '망각의 가장 깊은 곳으로부터'가 암시 하듯이 제1장부터 20장까지는 화자의 역할을 맡은 주인공이 30년전의 청년기를 회상하기 시작한다. 그리고 21장부터 22장까지에서는 15년 만에 쟈클린과 우연히 만나게 된 때를 회상한다. 제23장에서 지난날들에 대한 회상을 접으면서 화자는 현재까지 살아온 흔적을 찾는다. 화자는 이 흔적을 통해 망각의 깊은 곳으로

부터 자유로워 진다.

　이제 '공간적 배경이 인물의 정신상태와 조화를 이루어야 한다' 는 작가의 관점을 생각해 보자. 우선 작품 속에서 전개된 30년 전의 파리의 겨울 풍경은 우울한 회색 빛이 깔려있는 일상적 모습이며, 이와 같은 광경은 센 강변로와 대학가를 오고가는 군중들의 모습에서 느껴 볼 수 있다. 또한 활기찬 분위기를 연상케 하는 카페에 모여드는 대중들의 움직임에서도 만날 수 있다. 런던의 수많은 공원과 호숫가에서 안정을 되찾은 주인공은 글을 쓰고 싶은 욕망을 느끼게 된다.

　결국 파리를 떠나 도피처를 찾고 싶었던 주인공이 런던에 도착 하면서, 자신의 꿈을 실현 시키지만, 또다시 파리에 대한 그리움으로 향수에 젖는다. 이것은 작가가 현재를 잊고 과거 속으로 빠져드는 시간의 이동적인 성향을 보이는 것처럼 공간적인 배경에서도 동일성을 찾아볼 수 있다. 주인공이 회상속에 빠져들면서, 자신의 존재에 대한 철학적 물음이 과거의 회상이라는 점에서 볼 때 이것은 문화적 가치를 새롭게 인식하려는 의도라고 볼 수 있다. 여기서 한 철학가의 생각을 되새겨 볼 필요가 있다.

　"기억이라는 것은 개인적인 개성의 기초가 된다. 그것은 마치 한 민족 전통의 집단적인 개성의 기초가 되는 이치와 같다. 인간은 누구나 추억속에서 그리고 회상을 위해서 산다." (위나뮈노, 《생의 비극적인 감정》 중에서)